LA PREMIÈRE HISTOIRE

FRÉDÉRIC GROS

LA PREMIÈRE HISTOIRE

roman

ALBIN MICHEL

Pour Jeanne-Marie B.

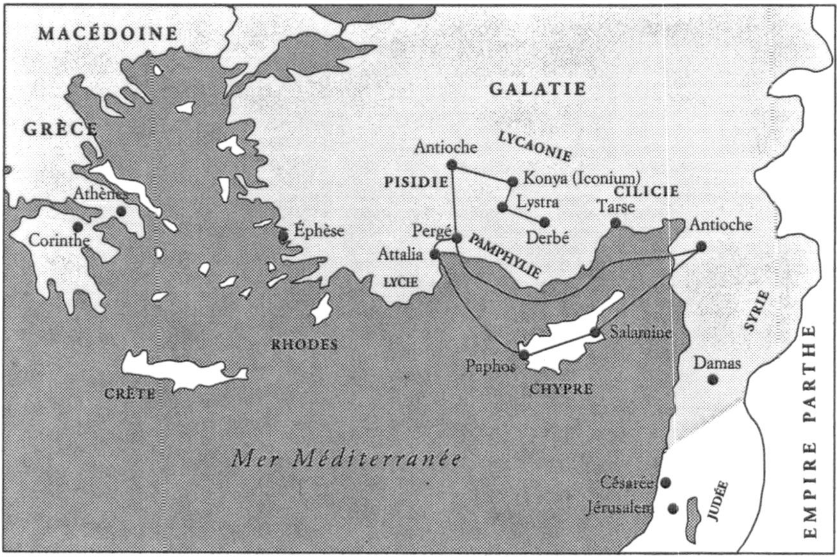

La première mission de Paul

Tableau 1

Paul, Barnabé et Marc à Pergé

Le récit débute au moment où les deux cousins, Marc, Barnabé, et Paul sont ensemble pour quelques heures encore. Venant de Chypre, ils ont, tôt le matin, accosté les berges d'Attalia et loué les services d'une barque pour remonter depuis la mer le fleuve jusqu'à Pergé.

Faire commencer à ce moment l'histoire permet d'écrire directement « Paul » : c'est à Chypre que Saül (le « désiré » – c'est aussi le nom du premier roi d'Israël) a transformé son nom en *Paulus*, c'est-à-dire : le petit, l'avorton, le faiblard. Du plus-que-désiré au moins-que-rien, celui qui exige déjà qu'on le désigne « apôtre » a fait un premier bout de chemin.

Ces trois-là sont jeunes, ils ont la quarantaine fiévreuse. Leur communauté les a missionnés pour annoncer et enseigner partout la réalisation de vieilles prophéties juives. Proclamer que le descendant attendu de David s'est bien manifesté. Et davantage encore :

il est venu, il a fait le chemin de Tibériade jusqu'à Jérusalem, il a prêché, il a proclamé une nouvelle alliance, il a prononcé des phrases impossibles. On parle de miracles. On l'a supplicié pour finir – tout comme Isaïe l'avait annoncé des siècles auparavant, disent-ils.

Depuis quelques mois, on donne à ces sectes d'annonceurs juifs un nom nouveau. Jusque-là, on les appelait « nazaréens ». On parle maintenant, à Antioche de Syrie, de « chrétiens », autrement dit les « vernis du Souffle ». Les chrétiens, en ces temps tellement jeunes, ce sont des poignées de Judéens dispersés de l'Idumée jusqu'à la Cilicie, militant farouchement pour faire conclure, à qui veut les écouter, une alliance nouvelle avec le Dieu d'Abraham. À peine quelques milliers ? Qui sait, il est si tôt encore dans l'histoire. Leur Messie sur terre, c'est Yeshoua (Jésus), un Judéen de Bethléem. On l'a dit Fils d'Adonaï, il a fini crucifié sur le rocher du Golgotha entre deux bandits. C'était il y a un peu plus de dix ans.

Trois jeunes Juifs remontent maintenant le fleuve Kestros jusqu'à Pergé. On est à la fin du mois de juin. Il fait chaud, le soleil mange les os. On plonge la main, les bras dans l'eau du fleuve pour se rafraîchir les tempes et le sommet du crâne.

Barnabé, Paul et Marc voyagent ensemble. Marc a la chevelure noire et bouclée, des lèvres épaisses et les yeux sombres. Barnabé – le « fils du réconfort » – des cheveux d'argent longs et plats, avec les yeux d'un bleu pâle de paix ; quand il vous regarde, on sait qu'il vous pardonne. Paul, le rouquin, touffu, très râblé, la barbe mauvaise, les cheveux en désordre, a des yeux affreusement ouverts.

Tous trois ont reçu, il y a quelques semaines, après jeûnes et prières, l'imposition des mains de prêtres d'Antioche – l'Antioche de Syrie, la grande, la troisième ville du monde. On est en 46, les églises chrétiennes n'existent pas, les cérémonies se font chez qui possède la maison la plus grande. Pour cette fois, on était chez Daniel. Ni vitraux ni piliers : une grande pièce, des murs de terre séchée, un sol de stuc rouge, des chandelles énormes qui font les ombres si dansantes.

C'est la nuit. Marc, Barnabé et Paul sont à genoux. Trois jeunes barbus agenouillés – le brun, le gris, le roux, vêtus de blanc. Leurs paumes sont levées, les bras tremblent un peu. Ni orgues ni autel – et comme il faut bien que l'intensité se niche quelque part, tout se rassemble dans les mains. Chacun retient son souffle. Marc, Barnabé et Paul ont la gorge nouée.

– Notre Dieu, nous te prions, bénis nos trois missionnés ! C'est pour faire briller partout où brille le soleil le récit de ton Fils, aimé-aimant, crucifié-ressuscité, que nous les envoyons aux confins de toute terre. À eux de dissoudre les ténèbres, de dissiper les brumes des Nations. Ils partiront demain. En ton nom, ils franchiront les océans et les montagnes. En ton nom, ils subiront les tempêtes et les coups. En ton nom, ils supporteront la pluie et la misère. Et tu les protégeras comme tu nous protèges.

On impose les mains. Marc, Paul et Barnabé iront partout faire entendre la nouvelle que l'Annoncé est venu sur la terre, mort aussi sur la terre (cloué sur une croix : trois grands clous d'acier, fins et très longs, dont on se sert pour les chariots), et qu'il reviendra refermer la porte du temps, rassembler dans son poing l'éternité. Barnabé est désigné comme chef de la brigade. On a choisi le plus fiable, le plus sage. Barnabé est respecté des autorités, adoré des communautés. Sa voix est douce et tranquille.

*

À Jérusalem, six ans plus tôt, c'est Barnabé qui avait présenté Paul aux anciens de Tibériade. Et leurs réticences avaient été immenses…

– Quoi, lui ?! Saül de Tarse ?! À la lapidation d'Étienne, c'est lui qui portait les manteaux et les autres avaient les bras plus libres pour lancer les pierres. Et lui, le zélote, il vient nous parler de cause commune ?

Et même plus que ça : à l'entendre, il « habite »

Yeshoua comme personne, à l'entendre, il serait le dernier à qui Yeshoua aurait parlé.

« C'était sur le chemin de Damas, lui avait raconté Paul. J'ai été transpercé par la lumière. Son éclat a fait de l'ombre au soleil de midi. La lumière était une voix, elle m'a fait tomber à terre. »

– Mais pourquoi Yeshoua se serait-il fait voir et entendre là, à ce moment, de cette manière, à Saül de Tarse précisément, sur les routes poudreuses de Syrie, si loin de Jérusalem ?

Mais Barnabé avait insisté.

– Je sens chez lui quelque chose, sa parole est de feu.

– Très bien, mais pourquoi alors avoir attendu si longtemps avant de venir nous voir ?

En effet : d'abord Saül persécute les nazaréens ; puis Yeshoua l'interpelle vers midi, dans la banlieue de Damas, au milieu des abricotiers ; enfin il se fait baptiser.

– Et ensuite que fait-il ? Se précipite-t-il pour nous rencontrer, nous les premiers autorisés, nous qui avons grandi avec Yeshoua au bord du lac ? Non ! Il part marcher dans le désert jusqu'à Pétra pour y tisser des tentes, il reste trois ans dans la ville rouge. Et, un matin, comme ça, il débarque à Jérusalem, et tu nous le présentes !

Barnabé s'était risqué à des explications : la réflexion, la patience, l'épreuve et la prière.

Finalement on reçoit le petit râblé aux yeux bruns, cheveux épars, barbe floue, cou tendu comme une serpe dès qu'il parle. On l'écoute et c'est vrai qu'il a la rage brûlante, c'est vrai qu'on ne peut s'empêcher de tomber prisonnier de sa voix, de se dire : « Là, maintenant, quelque chose m'arrive. » Oui mais enfin quand, à la veillée, après le repas pris en commun, au moment des gâteaux au miel, Pierre pour tous avait retissé ses souvenirs, quand il avait redit les gestes, les rencontres, les paroles de Yeshoua, Saül se taisait mais il se taisait d'une manière… C'est comme s'il y avait eu du dédain dans son silence, comme pour dire : « Voilà bien des anecdotes, de la petite histoire, de la petite phrase, moi c'est son souffle qui gonfle mon ventre, moi c'est son sang qui cogne dans mon cœur. »

À Jérusalem, il avait logé dans une petite chambre que, dans sa maison, la mère de Marc lui avait donnée. Il avait passé ses journées à courir le Temple et les synagogues – surtout celles des hellénistes – pour y chercher bataille, parlant fort et ne cédant sur rien, démontrant que ce qui est arrivé sept ans avant s'était passé selon la Parole et la Loi, que tout était dans Isaïe déjà… En plus, il connaissait les textes diablement – remportant le combat des citations, laissant ses contradicteurs muets de rage. Pour finir, il s'était bien fait haïr. Les Juifs d'observance s'étaient raidis et ce sont tous les nazaréens qui avaient fini par se faire détester alors que Pierre et Jacques avaient dit d'y aller doucement. Les rapports avec le Temple depuis la mort d'Étienne s'arrangeaient, et l'autre là, venu de Tarse, ancien tourmenteur et prétendant tout savoir… Mais rien n'arrêtait Saül et ses provocations mettaient le feu aux synagogues ! Et bientôt personne n'en pouvait plus de cet agitateur !

Après deux semaines on lui avait suggéré d'en faire moins ; puis on lui avait conseillé de prendre de la distance ; enfin on lui avait demandé de décamper – à Tarse en passant par Césarée. Et on verrait plus tard. Mais là, vraiment, ce n'était plus possible.

Et il avait dû – lui le dernier visité ! – filer comme un voleur. Encore une fois déguerpir, décaniller, détaler et retour à la case départ, lui le possédé de Yeshoua ! Retour à la maison pour retrouver sa famille de pharisiens réguliers. Il avait repris le métier, prié trois fois par jour et tissé son poil de chèvre tout en rongeant son frein. Bien sûr la famille écoutait ses harangues. Elle était choquée par ses éclats de rage – parce que d'être à ce point, comme il disait, « habité par Yeshoua » donnait à sa voix le fracas du tonnerre. Elle le croyait un peu dérangé. Peut-être les marches répétées dans le désert, toujours à pied, de Tarse à Jérusalem. Il fallait entendre aussi ce qu'il débitait : incarnation, crucifixion, résurrection…

– Ça lui aura cuit la tête d'avoir marché si loin, si longtemps.

Saül est resté trois autres années avec sa foi lui incendiant inutilement le cœur. Trois ans, c'est long, trop long pour lui. En tout six ans depuis Damas à brûler comme une lampe posée la nuit dans un désert sans bruit, qui n'éclairait que son destin.

Or, c'est Barnabé qui vient à Tarse chercher Paul ! C'est Barnabé qui est allé le trouver, le dénicher, l'exfiltrer ! Pas sûr qu'il ait demandé à Pierre et à Jacques leur accord, mais à Antioche il désespérait aussi. Trop de travail, d'embûches, d'obstacles dans la cité syrienne qui sue de frasques : ville ouverte à tous les peuples et à toutes les croyances, à tous les stupres et à toutes les jouissances, à tous les commerces et à tous les fanatismes, la métropole des lettrés, des aventuriers, des illuminés, ses rues saturées d'énergie, de viandes, de fruits, de religions, de commerces, d'épices et de transes. Dans ce monde bariolé et violent, Barnabé peine à faire entendre son message.

Il lui faudrait un enthousiaste, un sans fatigue, un rageur et il pense au Tarsiote qui lui avait fait impression à Jérusalem. Mais a-t-il seulement mesuré ce qu'il allait déclencher ? S'il n'avait pas décidé d'aller chercher cet ancien compagnon qui croupissait à Tarse, l'histoire du monde en aurait été changée.

Saül le reçoit, l'écoute, adhère, et ils marchent jusqu'à la mer, et ils prennent le bateau pour Antioche. Sur place ils engrangent des baptêmes, chez les Juifs et les autres. La fièvre de Saül est sans limites. On le voit arpenter les abords des synagogues dans le soleil couchant. Le samedi, il y captive les prosélytes. Sur les places publiques, il exhorte les craignant-Dieu et ne cède jamais. Les jours de semaine, il court les collines, il recrute chez les païens et ça finit même par devenir un peu ingérable, il faut former au Dieu d'Abraham, aux prières minimales, à quelques interdits alimentaires, des gens qui ne sont pas nés dans le Texte. Et puis la circoncision, pour les hommes, c'est parfois compliqué. Saül n'est pas regardant pourtant, il a pour lui les chiffres. Il baptise à la volée et le soir, dans les jardins, il enseigne.

Alors, pourquoi, soudain ce départ, et si loin ? Une armada de vieux dieux pullule encore à Antioche au milieu des années 40, sans parler des orgies pour les fêtes de Baal ! Et toutes ces synagogues perméables à l'Annonce… Et toutes ces rues grouillant de thaumaturges… C'est la troisième ville du monde, les peuples s'y mêlent, les croyances s'y troquent. Nulle part on ne peut assister à autant de courses, autant de fêtes, autant de danses, autant de jeux, autant de bacchanales. Il reste encore tellement de travail. Alors pourquoi cette partance, pourquoi la consigne d'aller vers tous les peuples de la terre ! Le Livre de Luc parle d'un « souffle sacré » qui se serait fait entendre. Un rêve qu'aurait fait Barnabé ? Mais Saül a dû pousser les choses, susurrer la démesure. Car il s'est senti à l'étroit, lui, dans la troisième ville du monde ! Voir toujours plus grand, crier plus loin, là où on ne parle plus grec, où les synagogues deviennent rares. Le beau projet, le projet fou : *tous les peuples*. L'enthousiasme saisit les chrétiens d'Antioche : oui, conquérir les lointains, quitter les côtes, s'éloigner de la mer, annoncer à toutes les Nations ce qui est arrivé à leur salut. Une équipe de trois est désignée, on a imposé les mains sur eux.

*

La barque file maintenant sur le fleuve Kestros, elle remonte dans l'intérieur des terres, en direction des montagnes. Les trois Juifs viennent de Chypre. Une étape logistique : Barnabé a là-bas famille et connaissances, l'idée était de recueillir auprès du proconsul des recommandations écrites, des adresses auprès de ses parents. Qui sait ce qu'on trouvera là-haut ?

Marc a un air dur et buté. Il commence à se poser des questions. Pourquoi filer si vite ? On a le temps ! Pourquoi déjà n'être pas restés faire un peu de prédication à Chypre ? Et sur les plages de Pamphylie, là, maintenant, on pourrait former quelques communautés, non ? Pourquoi partir à l'assaut du Taurus ? Après, peut-être, oui, mais pas tout de suite, pas si vite, est-ce qu'on ne peut pas rester, est-ce qu'on ne *doit* pas rester pas trop loin de la mer ? Cette idée aussi de franchir les montagnes…

C'est à Pergé que la rupture a lieu, aux portes du Taurus. Le cousin de Chypre déjà commençait sur le bateau à dire que là-haut serait l'authentique défi, la vraie mission, le véritable appel ! L'Anatolie, les grands plateaux de Pisidie et de Lycaonie ! Marc, lui, voyait les dents du Taurus comme une forteresse menaçante. Et maintenant, sur le fleuve, Paul, fourbe, déclare :

– Barnabé a raison, c'est vrai, c'est là qu'on trouvera l'épreuve, là sera l'épicentre de notre vague.

Les hommes, les femmes, les enfants des montagnes, Paul les a rencontrés petit dans l'atelier du père. Il se souvient des mains noueuses, du regard bleu d'acier des bergers descendus vendre leur crin à Tarse, des cheveux rouges des femmes, des tuniques ocre et bleues.

– Pourquoi, continue doucement Paul, demeurer toujours sur les plages, ne jamais s'éloigner de la mer ? Nos frères juifs de Pisidie et de Lycaonie ne méritent-ils pas de savoir ce qui s'est passé, d'apprendre que les annonces d'Isaïe se sont réalisées ?

Marc comprend ce qu'ils ont comploté. Mais lui voit se dresser devant lui les sommets du Taurus comme un avertissement, l'angoisse lui étreint la gorge. Quelle folie. Que va-t-on trouver là-haut ? Et le cousin Barnabé se laisse entraîner par les délires de l'autre qui, dernière lubie, exige maintenant qu'on l'appelle Paul !

– On ne trouvera dans ces contrées que des sauvages, prévient Marc, les Juifs, les Grecs et les Romains n'y forment que de petits clans clairsemés. Et il reste tant de travail à faire le long des côtes ! Quelle Terre sainte pourrait exister loin des mers ?

Une fois débarqués à Pergé, la discussion trop longtemps repoussée s'engage. Paul fulmine, parle fort, tandis que Barnabé s'échine à rassurer son cousin : derrière les montagnes, il y a une voie romaine, des colonies romaines, des temples romains, et des synagogues ! Et puis ils ont les lettres de recommandation ! Surtout on est au mois de juin, il faut migrer vite vers les hauteurs, se mettre à l'abri des moustiques et de la malaria. Tous les paysans font le déplacement.

– Qui reste à Pergé en plein été ? demande Paul brutalement.

– Qui parlera grec, rétorque Marc, par-delà les cols ? Combien de synagogues on trouvera ? Il y a toute la Pamphylie encore à entraîner, et pourquoi pas la Lycie juste après, et ensuite l'Ionie ! Enfin quoi, la civilisation, les côtes ! Pourquoi escalader les montagnes ?

Il en veut à son cousin de s'être laissé prendre par les délires de Paul. Oh non, il ne l'aime pas, le petit trapu avec ses gros sourcils et son air de taureau. Pour qui se prend-il, vraiment, à régulièrement rappeler qu'il est le « dernier » à qui Yeshoua aurait parlé en personne ? Personne ne cède et Marc, à la fin, donne ce qui lui reste de pain, de légumes secs et de fruits et repart seul, en marchant le long du fleuve. Il redescend en direction des plages, des grands navires et de Jérusalem.

Ils s'étaient promis de prier les uns pour les autres. Barnabé soupire et Paul grogne encore.

Tableau 2

De Pergé jusqu'au lac de Prostanna, ascension du Taurus

Marc leur ayant tourné le dos, les deux autres se querellent encore. Barnabé cherche des excuses à son cousin. Paul ne lui trouve que des torts. Déjà à Jérusalem il se défiait du beau brun aux yeux noirs. Il sentait trop sa suspicion. Oh, sa réserve quand au matin chez la mère, après la première prière, ils partageaient le lait, les olives et les figues ; oh, ses remarques désagréables sur sa prononciation de l'araméen ! Bon débarras.

Renfrognés, les deux Juifs attendent le passage d'une caravane. Marc, sur ce point, n'avait pas tort : les montagnes sont des repaires pour les loups et les brigands. Bientôt un groupe de marchands avec ânes et familles se présente. Les missionnaires se mettent en marche, déposant sur une monture le gros sac en toile où on a mis la tente, une grande couverture, quatre tuniques fines et deux manteaux d'hiver. Ils gardent avec eux leur besace portant les lettres et la viande séchée. Après avoir enfoncé sur les oreilles leur chapeau à large bord, ils commencent la montée. Et la monotonie des pas met bientôt fin à leur colère. Ils marcheront sans s'arrêter jusqu'au prochain shabbat.

Paul est un compagnon de marche exécrable. Toujours devant, il marmonne tout seul, et quand il a pris trop d'avance, il se poste à attendre, mâchoires serrées et le regard furieux. Il a toujours marché. À seize ans, la route de Tarse à Jérusalem : quarante jours de marche pour aller terminer sa formation religieuse auprès de Gamaliel. À trente ans, juste après la surprise de Damas quarante autres jours dans les déserts d'Arabie – jusqu'à Pétra la Rouge. Maintenant, dix ans plus tard, l'ascension du Taurus pour gagner Antioche de Pisidie et trouver là-haut la grande route de l'Est.

Des montagnes, il en a grimpé en Judée, mais ça restait, de Césarée à Jérusalem, du calcaire, de la craie, des broussailles surmontées de chênes rares ou de pins. Là, il découvre les forêts de cèdres, de sapins, le chant des ruisseaux dans les pierres, la douceur des chemins sous les sandales, au petit matin les écharpes de fraîcheur. Sensations nouvelles. Il marche tête baissée comme cherchant à terre quelque chose, écoutant son effort. Les sentiers sont raides, à chaque pas il faut se soulever le corps, avoir le souffle long.

Et les phrases alors lui viennent par vagues immenses, comme si l'âme trouvait dans la tension monotone du corps son appui pour danser. Dans sa tête, ce sont des torrents de paroles, des tonnerres d'exclamations, des explosions de rage. Depuis la surprise de Damas, il ne sent jamais autant son Messie que dans sa fureur à tenir bon. Et ça remonte, cet acharnement, ça se transforme en pensées coupantes. Les mots tournent comme des balles colorées. Il s'entend convaincre, se trouve parfois si bouleversé par ses propres discours qu'il en a les larmes aux yeux.

L'ascension aura duré six jours. Six jours à grimper le long des ruisseaux, puis des torrents. De la luxuriance maritime, des haies de cactus faisant des colliers aux palmiers jusqu'aux résineux des montagnes. Pendant deux jours les pins et les genévriers, et les trois autres jours des cèdres comme il n'en n'avait encore jamais vu : immenses, colossaux, aux effluves de résine. Un matin la forêt cesse et c'est la roche nue, puis les étendues d'herbe et les tapis de fleurs. Mille variétés de vert, de beige, de violet. Paul sent l'air vif des montagnes, respire l'ombre bleue des forêts. Il n'y a donc pas que la mer, le sable, les cailloux et la revanche des oasis ! Et ce que c'est, sur les crêtes, que de sentir ses côtes éclater sous le vent !

Au passage du dernier col, soudain, sous leurs pas se déploie une table turquoise, un lac grand comme une petite mer, lisse comme le ciel. Les plateaux ! La montée est finie. C'est un vendredi soir. Tout est devenu immense, démesurément plat. Barnabé s'émerveille. Il voit Dieu partout, remercie sans cesse, encore une fois s'exclame :

– Paul, regarde toute cette beauté !

Il vante l'harmonie des couleurs, la douceur des collines. Il secoue Paul par les épaules.

– Regarde, mais regarde !

Tout au long du chemin, il a multiplié auprès de ceux qui parlaient grec les questions sur le nom des arbres et des fleurs. Pire encore, la nuit, il s'est dit bouleversé par le spectacle des étoiles, les trouvant plus brillantes, moins brumeuses, voyant le ciel plus noir et plus étincelant.

– Regarde, Paul, toute cette beauté !

– Notre Dieu n'est pas là. Arrête de faire ton Grec, tu me fatigues. Ce n'est pas la beauté, le témoin. On montrera l'Annoncé dans les dos courbés, les traits tirés, les larmes pour les enfants morts. Ferme les yeux, s'il te plaît.

Mais rien n'y fait, l'autre crie au sublime et, comme un affamé, se gorge de vues plongeantes, s'empiffre de couleurs et de perspectives, remercie même Paul de l'avoir convaincu de gravir les pentes raides pour parvenir jusqu'aux plateaux. Il n'a jamais rien vu d'aussi beau. Il a oublié Marc. Paul, lui, s'enfonce toujours un peu plus en lui-même.

Le lendemain ils ne bougeront pas. C'est shabbat.

Tableau 3

Théoklïa et sa mère

Pendant ce temps, en Lycaonie, à Konya[1], bien plus à l'est – une semaine de marche depuis Antioche de Pisidie –, une fille soupire.

Théoklïa est belle. Paul plus tard aura cette parole : « Notre époque est hideuse et toi, Théoklïa, si belle. » Peau blanche, grands yeux verts et les cheveux d'un châtain doux, une beauté de ces plateaux où se croisèrent les peuples venus de Gaule et les derniers Hittites. Avec en plus la grâce que donne la jeunesse : l'éclat redoutable du regard, un pétillement insensé du sourire, ce don illimité d'étoiles offert aux enfants de dix-sept ans. Mais depuis plusieurs jours, ou même quelques semaines, voire des mois, elle soupire. De lassitude et de tristesse.

Théoklïa est la fille d'une famille parmi les plus riches, les plus anciennes de Konya, propriétaire depuis

1. Anciennement Iconium.

des générations des grandes terres à l'ouest de la ville. Quand le père meurt de dysenterie, la petite a treize ans. Les intendants, trop habitués à ne trembler que devant leur maître, ont commencé dès la première année à flouer l'épouse, se disant qu'elle était trop prise par son chagrin pour consulter les comptes, et puis, par mauvaise habitude, ont continué à la filouter.

Alors sa fortune fond comme la neige du Taurus au printemps, et la veuve, par inertie, paresse, se laisse dépouiller. Elle n'a dans la vie qu'une seule obsession, un seul intérêt : rester belle, paraître et se faire admirer. Mais il y faut des moyens qui commencent à manquer. Et comme elle n'a ni l'énergie ni le courage suffisants pour affronter les intendants véreux, son issue de salut, c'est de faire faire à sa fille un excellent mariage.

Depuis quelques décennies maintenant, la cité de Konya se transforme, excitée par la prospérité de sa voisine de Pisidie. Le commerce s'exagère et la vie sociale suit. On multiplie les divertissements et les cultes prospèrent. On rêve de faire de Konya l'Antioche de Lycaonie. La mère fantasme. Tout ce qu'elle a pu arracher de revenus à ses intendants lui sert à transformer son intérieur. Elle a fait disposer dans la pièce principale quelques lits de banquet, recouvrir les murs de mosaïques beiges et bleues, installer une porte à deux battants à l'entrée, mettre un bassin dans la cour et dresser un autel à Auguste. Elle a transformé sa maison en parfaite demeure romaine et rêve déjà de longues soirées où se précipiteront les vétérans, où elle sera l'objet de leur ébahissement. Mais il faut un gendre fortuné. Elle a le nom, la lignée, les terres. Le fiancé n'est pas difficile à trouver. Sa fille est si belle… Un parvenu se présente. Il s'appelle Thamyre, il est amoureux, il a la beauté fade, l'intelligence plate. Sa famille est devenue richissime en moins de deux générations : elle a découvert sur ses terres une mine d'argent. Ça plaît bien à la mère, ces métaux froids, immobiles, fiables, qui ne connaissent pas les aléas des récoltes, les maladies des bêtes. Le jeune homme adore jouer l'adulte responsable, prévoyant, protecteur. Théoklïa le trouve beau mais sans charme, cultivé sans esprit, finalement un peu ridicule et très prétentieux. Bref, elle déteste ce fiancé qui adore causer avec sa mère.

Il reste trois semaines avant le mariage, que la mère désire le plus romain possible.

Tableau 4

Paul et Barnabé à Antioche de Pisidie

La seconde surprise de Paul et Barnabé, après la beauté sauvage des plateaux, c'est Antioche de Pisidie. Plus intense même que le soulagement d'en avoir fini avec les ascensions. Il faut l'imaginer, la ville romaine surgie au milieu de nulle part, juste annoncée par l'aqueduc qu'on longeait depuis déjà une heure. Assez brusquement, au détour de pâturages pelés se dressent d'abord d'immenses portiques, prolongés par ces avenues larges, parfaitement dallées, bordées de colonnades. On continue : un théâtre, des thermes, et enfin, en plein centre, le temple dédié à Auguste se détachant sur les dents du Taurus. Et partout, au tournant des rues ici et là, le marbre des statues de Vénus ou de Jupiter frappées par le soleil dur des hauts plateaux d'Anatolie.

Les rues grouillent de chariots de légumes, de porteurs d'eau ou de carcasses, des échoppes partout. C'est une agitation incroyable, des cris et des couleurs.

Les inscriptions sont en latin mais on entend surtout parler le grec et le galate. Antioche a été fondée en Pisidie pour les vétérans de l'armée impériale. On leur a offert des terres. Ils ont le goût de l'ordre, de la sécurité, des avenues droites, et depuis quelques décennies maintenant, grâce à eux, les chemins sont devenus plus sûrs, le commerce plus actif. Les fonctionnaires font savourer aux montagnards le goût sucré de la *pax romana*. Paul et Barnabé entrent le 3 juillet 46 dans une ville romaine.

Ils vont y rester plusieurs mois, y passer tout l'hiver jusqu'au printemps de l'année suivante, jusqu'à ce jour de juin où ils prendront la fuite, chassés, le dos rompu par les coups de bâton des licteurs. Pour le moment, ils prennent le chemin de la grande synagogue. D'après les informations du proconsul de Chypre, il y a bien parmi les Juifs une petite dizaine de familles chrétiennes, des marchands assurant l'import du crin pour les tisserands de la côte, des couples avec enfants qui ont fui Jérusalem après la décapitation de Jacques, des exilés de Tibériade.

Devant la synagogue, Paul et Barnabé s'attardent, demandent doucement qui connaîtrait des adeptes de la Voie juive nouvelle et où les rencontrer. On leur donne le nom d'un Damascène et celui de sa rue. Ils comptent trois ruelles, Samuel ouvre la porte, ils s'annoncent. Quand il entend les noms, Samuel tombe à genoux et pleure en leur tenant les mains.

Le repas du soir est joyeux. On a prié, fracturé le pain de froment, béni le vin, on a beaucoup remercié. Manger ensemble, c'est toujours se souvenir. Et puis Paul, assez vite, après le repas, enchaîne les questions sur le nombre de synagogues et celui des Juifs – des Judéens, des hellénistes ? –, sur la ferveur des craignant-Dieu, sur les croyances des bergers alentour. Il calcule, évalue, il bout d'impatience. Samuel connaît les tisserands de sa ville. On en fait la revue, le choix tombe sur le plus discret, qui fait venir un crin robuste et souple. Paul y exercera son métier de tisseur. On s'entre-bénit encore. Paul et Barnabé montent sur la terrasse, ils s'endorment sous le grand ciel d'été. L'air est doux en juillet 46, la nuit, sur les plateaux d'Anatolie.

Pendant la semaine, Barnabé multiplie les contacts, rend visite à des personnalités romaines, prépare les cérémonies de baptême, anticipe déjà les prochaines étapes. Paul, lui, travaille le matin. Il a appris, enfant, l'art de manier le crin, de tisser des tentes et des manteaux, de faire voler les navettes entre de gros fils tendus, mais aussi de raccommoder, avec de fortes aiguilles, des tissus d'épaisseur inégale pour en faire des étoffes homogènes. À Antioche de Syrie, à Tarse, à Damas, on se pressait pour avoir ses services. Il aime ce labeur monotone, répétitif, qui lui laisse l'esprit libre. Il connaît, il sait évaluer la qualité des poils bouclés de chèvre. C'est ceux d'Anatolie qu'on utilise en Cilicie pour produire un tissu solide et parfaitement imperméable. Tout en faisant danser sa navette, le métier posé sur ses genoux, il tisse et retisse sa parole intérieure.

Le premier samedi de leur arrivée, ils sont à la synagogue. Une synagogue à Antioche de Pisidie dans les années quarante, c'est une grosse bâtisse sans signe particulier ; des hommes autour discutent, des femmes sourient. Bientôt on entre dans une pièce immense, rectangulaire. Les rouleaux de la Torah sont disposés sur une table. On fait la lecture de textes sacrés et, comme le veut la coutume, en signe de bienvenue on demande aux « nouveaux » de bien vouloir commenter ce qu'on vient de lire. Là ce sont des vers d'Isaïe. Et Paul, debout, les yeux mi-clos se lance.

Frères et sœurs, ô vous de la race d'Abraham, mais vous aussi prosélytes, vous qui avez reconnu le Dieu d'Israël comme notre unique, je vous conjure au nom de nos Prophètes et de tous les Psaumes, au nom de ce que chaque samedi depuis plus de mille ans nous chantons et récitons, je vous conjure de m'écouter, je vous demande de voir et de suivre le chemin que je trace. Le Dieu unique a élu la descendance d'Abraham, d'Isaac et de Jacob, le Dieu unique l'a protégée, l'a secourue quand elle campait encore au pays de Canaan. Et quand nous étions esclaves des Égyptiens, il a facilité notre fuite, fendu la mer pour nous faire passage comme le soc creuse la terre pour y mettre les grains des moissons. Il nous a nourris près de quarante années dans le désert, il nous a donné en partage des terres, il nous a donné des Juges aussi pour nous commander, il nous a donné enfin un roi unique pour nous diriger. Il nous a donné Saül, de la tribu de Benjamin, et il a suscité David qui fixa Jérusalem comme notre axe ultime, notre pilier central, le nombril de nos plaintes. David musicien et guerrier, ô le roi de Juda et d'Israël, c'est de sa descendance qu'Isaïe nous annonçait tout à l'heure que doit sortir le Prince de la paix, que doit surgir celui, oui, qui se trouvera aussi conspué, insulté par vous, par moi, par nous, et dont les mains et les pieds comme chante le Psaume seront troués. Ce sont les signes, il est notre Annoncé. Et Isaïe promet aussi que l'Enfant d'éternité après sa mort reprendra vie pour nous faire savoir que nous n'avons pas été pétris pour la décomposition.

Eh bien il est venu, il a passé par nos terres, les terres de Galilée, les terres de Samarie et les terres de Judée, notre Messie définitif. C'est cela que nous sommes venus dire avec Barnabé, c'est pour cela que nous avons depuis la Syrie pris la route de la mer jusqu'à Pergé, puis les sentiers qui montent jusqu'à vous. Nous avons été missionnés par nos frères, nos sœurs de Syrie, après injonction d'un souffle. Le Dieu d'Abraham a sollicité ce Messie en terre d'Israël, il portait le nom de Yeshoua.

Et Yeshoua a dessiné une route nouvelle, il a scellé une alliance nouvelle, il a proclamé une promesse nouvelle. Et c'est d'y adhérer, d'y faire corps que devra désormais nous venir le salut. Comme le nouveau-né est joint par la bouche au sein de sa mère ainsi nos vies devront être collées au souffle pour nous en nourrir. Notre Loi est ancienne, je la salue avec le respect qu'on doit aux anciens, avec la reconnaissance qu'on doit aux vieux amis. Mais ce n'est plus elle qui nous rendra justes. Ce qui nous rendra justes, c'est de faire corps avec celui qui nous fut promis, et qui est venu, qui expira à Jérusalem et qui est revenu des morts pour dire que les temps sont comptés. Et comme une mère qui a abondance de lait nourrit en plus de ses propres enfants les orphelins et les égarés, le Dieu d'Israël a effusion de salut, ainsi que le démontre la production de son Fils, et offre à tous le lait du salut : à la race d'Abraham, aux prosélytes, aux Nations des montagnes. Et si je vous parle avec autorité, moi l'avorton, moi le petit, moi le moins-que-rien, moi qui pour toute propriété n'ai que mon corps, un manteau tissé de mes mains pour m'abriter du froid, coucher sur la terre dure, mon bâton de marche, moi qui commence à perdre mes cheveux et mes dents, si je vous parle d'autorité c'est d'avoir été le dernier à qui l'Annoncé a parlé. C'est au moins-que-rien qu'il a parlé après être re-né. Et là, surgi de sa parole il m'a terrassé de sa lumière. Je viens de loin, je viens de la mer et des plages, j'ai gravi depuis Pergé les pentes du Taurus pour vous dire que les temps ont changé, ils sont devenus courts, il faut conclure une entente nouvelle. Vite, vite, vite, il est arrivé quelque chose.

*

À Antioche de Pisidie, Paul, au fil des semaines, détaille, approfondit, développe, provoque. Au moment des prises de parole, chaque samedi on l'interrompt, on le discute, on remet en cause ses commentaires, on conteste, on contredit. Et là ses réponses sont terribles. Car qui peut à Antioche de Pisidie rivaliser avec lui dans la connaissance de la Torah ? Aux pieds de Gamaliel, à Jérusalem, pendant des années il a lu, relu, médité la Loi et les chansons des Psaumes et les illuminations des Prophètes et les poésies de David. Elles sont devenues la tapisserie de sa mémoire. À l'époque déjà il surpassait ses camarades. Car le petit Tarsiote étudiait sans relâche, sans jamais s'arrêter. Toujours toujours toujours à lire, à relire, à apprendre. Même le jour de la crucifixion, ce 7 avril, il n'a rien remarqué : il était à l'étude. Mais qui aurait pu d'ailleurs « remarquer » quelque chose ? Dans les rues saturées d'hommes portant un agneau sur l'épaule à sacrifier au Temple, qui aurait pu « remarquer » la petite escouade de soldats romains conduisant trois prisonniers vers le rocher de leur exécution ? Peut-être cinq ou six amis de Paul ont-ils suivi l'escorte pour conspuer celui qui s'était proclamé Roi des Juifs. Mais pour l'immense majorité, ces soldats romains menant des condamnés à la croix, ça n'a représenté qu'une difficulté de circulation supplémentaire et dont on se serait bien passé un jour de telle affluence.

Paul a maintenant quarante ans. Il est à Antioche de Pisidie, dans la synagogue, chaque samedi, enflammé, convaincant, capital. Il tourne et retourne les textes, transforme Yeshoua en cette force d'attraction, cet aimant radical par quoi se reconfigure le sens de toutes les prophéties, de tous les récits – référent de toutes les plaintes, de toutes les promesses, de toutes les larmes, de toutes les joies. Au point, encore une fois, qu'on ne peut que le suivre aveuglément ou le fuir éperdument. Chacune, chacun se dit qu'en réalité on n'a rien compris et cela leur fait comme une pointe fine enfoncée dans le cœur, une lame qui se glisse et dilate la vie. Et la certitude tombe qu'il faut se presser, *aller vite*. Paul parle fort, Paul parle de feu, on pense : oui, il s'est vraiment passé quelque chose, quelque chose est arrivé à notre salut, maintenant nous sommes prévenus. Tout a déjà commencé et va bientôt finir. Le temps devient court, il n'est plus qu'un délai. Pourtant les murs ne se sont pas écroulés, la terre n'a pas tremblé, mais à l'entendre avec cette chaleur, cette rage, raconter l'histoire de l'Attendu majeur – venu, crucifié, re-né, reparti, promis à revenir – l'existence devient urgente, on entre dans la catastrophe. Chacune, chacun se dit à l'écouter : je ne dois pas rater ma chance, le préavis est colossal, mon existence est à crédit de salut. Et je le sais. Paul inocule dans les cœurs la certitude brûlante que le temps va finir et que, dans cette brutale imminence, chacune, chacun doit décider. Changer de vie et de regard, se réveiller tout tremblant du sommeil de soi-même. Paul dans et autour des synagogues, par son annonce, saisit dans le filet de sa voix, comme le pêcheur habile, des prosélytes, des craignant-Dieu et quelques Juifs aussi.

De l'automne 46 jusqu'au début du printemps 47, les paysans, les bergers basculent dans la nouvelle croyance. Il y a bien eu une première déferlante de foi à Antioche de Pisidie et les synagogues se sont trouvées débordées, dépassées, submergées par cet afflux de chrétiens conjuguant le Dieu d'Israël dans une impossible grammaire. Car Paul n'invoque pas que le Dieu d'Abraham. Et tous les chrétiens formés par lui se précipitent le samedi pour entendre parler surtout du Fils qu'il lui prête. Alors les synagogues se sentent dépouillées, volées, abîmées, submergées, confisquées.

Barnabé tente d'assurer le service après-vente, répétant qu'on n'annule rien surtout, qu'on va continuer à prier trois fois par jour, à faire attention à ce qu'on mange, même si évidemment les rigueurs de la Loi devront être assouplies. Mais impossible d'effacer l'impression d'effraction, d'empêcher l'effroi devant la vague de croyants mal dégrossis, adorant sans règles le Dieu d'Israël. Et puis il y a aussi ces slogans qu'on se répète de rue en rue et qui passent mal, heurtant jusqu'aux incirconcis respectables – et ils sont nombreux dans cette colonie de vétérans romains. Il y a cet éloge outrancier de la virginité, il y a cette exaltation outrancière de la pauvreté, il y a cette glorification outrancière de l'amour – « chérissement de l'autre », dit Paul – comme si soudain le mariage, la propriété privée, la réputation devenaient de grands maux ! Alors le mécontentement gronde, les notables s'inquiètent de ces nouvelles ferveurs. Les Juifs non convaincus par cette nouvelle donne – ce sont les plus nombreux – s'irritent davantage. Ils n'en peuvent plus de voir leur synagogue envahie de gens qui finalement se fichent pas mal de continuer à répéter la Loi et ne veulent plus apprendre que les promesses de l'imposteur. Entre les Juifs orthodoxes et les Romains respectables, une coalition se forme qui exige bientôt la tête de Paul, la tête de Barnabé. Les responsables des synagogues s'entendent avec les autorités romaines pour les faire déguerpir. En même temps il faut aller vite car ils sont toujours plus nombreux dans Antioche de Pisidie à se dire « chrétiens ». Cette foire doit s'arrêter. On entend même un peu partout une prière à Paul, chantée par les porteurs d'eau dans les rues, par les ouvriers dans les champs, par les femmes menant les bêtes à la rivière. Et cette prière s'élève avec ses volutes orientales comme une clameur dans le ciel du printemps 47. Et c'est comme un cri, un déchirement qui vous convulse l'âme :

Ô toi l'avorton, ô toi le petit,
ô toi le moins-que-rien
Prends pitié de nous
Tu es le bâton des aveugles, la musique des sourds
Prends pitié de nous
Tu es la richesse des pauvres,
l'espoir des désespérés
Prends pitié de nous
Tu es le nourrisson des infertiles,
la patrie des exilés
Prends pitié de nous
Tu es la santé des incurables, le pain des affamés
Prends pitié de nous
Tu es la mère des orphelins, la grâce des disgraciés

Prends pitié de nous
Tu es la liberté des esclaves, le legs des déshérités
Prends pitié de nous
Ô toi l'avorton, ô toi le petit,
ô toi le moins-que-rien
Tu es le nom des innommables.

Tableau 5

La gifle

Théoklïa pleure dans sa chambre. Sa mère vient de la gifler.

Toute la matinée, elle n'a cessé de harceler sa fille avec les préparatifs de mariage, lui parlant du choix des viandes, de la quantité des vins, lui posant des questions sur les compositions florales et les corbeilles de fruits. Orchidées, œillets, coquelicots… Théoklïa a écouté passivement, jouant avec son peigne en bois d'olivier incrusté de nacre, tout en ayant envie d'être ailleurs. Elle hait déjà ce mariage, elle déteste ce fiancé, elle ne supporte plus de parler de l'un et de l'autre, d'avoir à préparer comme une fête ce moment où elle deviendra prisonnière d'un homme. La mère de son côté se plaît, depuis des mois, à repasser dans son imagination ce qu'elle a déjà transformé en *son* triomphe. Chaque matin, dans la chambre de Théoklïa, elle s'emporte, parle fort, gesticule, éclate de rire et trépigne. Assise nonchalamment devant ses colliers et ses perles, Théoklïa tourne et retourne son peigne dans ses mains. Docilement, elle approuve, pousse à intervalles réguliers de vagues « mmm, mmm », mais dans sa tête ça hurle : « Mais quand aura-t-elle fini, mais quand va-t-elle sortir ! »

La mère sur une inspiration soudaine pose ce qu'elle appelle l'« épineux » problème du miel – lequel choisir ? – et se met en peine, comme s'il s'agissait d'une question fondamentale, d'arbitrer entre l'onctuosité de l'un et la saveur fleurie de l'autre. C'est à ce moment-là qu'à force de passer d'une main à l'autre, le peigne finit par glisser et tomber sur le carrelage, et Théoklïa, n'y tenant plus, pouffe.

Sa mère explose et hurle :

– Mais enfin ce n'est pas possible, tu n'écoutes pas ! Avec tout le mal que je me donne !

Surprise par l'accès de colère, Théoklïa se lève et, expulsant brusquement ce qu'elle retenait de nervosité, se laisse aller à un rire en cascade.

Alors la mère se précipite sur elle pour la gifler en criant :

– Tu ne mérites rien. Tu ne vaux pas mieux que la pire des traînées !

Théoklïa se jette sur son lit en pleurant. La mère sort, haletante et rouge de colère.

*

Théoklïa pleure dans sa chambre, maudissant sa mère et son destin. La mère fait les cent pas dans les couloirs, fulmine.

– Pour qui se prend-elle, cette pécore qui se permet de snober son propre mariage ? Elle ne connaît rien de la vie !

Ce qu'elle peut parfois détester sa fille ! Ah, si ce n'était pas l'argent du futur gendre…

Théoklïa dans sa chambre pleure sur ses dix-sept ans, sur ses rêves, sur sa beauté. Et rien n'y fait. Ni le soleil de mai qui entre dans sa chambre, ni la flambée soudaine de parfum de fougère apportée par le vent. Elle n'en peut plus de ce mariage, de ces préparatifs. Elle n'en peut plus de ces comparaisons interminables avec les noces des cousins. Elle n'en peut plus des remarques méchantes sur les voisins. Rien que l'idée de sa robe lui donne une envie furieuse de vomir.

– Moi, me marier ? Pour ressembler à ma mère ? Pour ressembler à ses amies aigries, fatiguées, cloîtrées ? Pour avoir les yeux vides et les lèvres sèches ? Pour livrer mon corps à mon mari comme le berger donne l'agneau à l'équarisseur ?

Elle pleure, elle se réfugie sur son balcon pour mieux sentir le vent, se croire presque dehors.

Tableau 6

Chassés d'Antioche

C'est le printemps aussi à Antioche de Pisidie. Depuis des mois, Paul a dépensé tous ses après-midi à arpenter les collines, à piétiner autour des synagogues. Et désormais, oui, il passe pour un dangereux agitateur. On commence même à jeter à Barnabé, malgré sa bonhomie et ses yeux bleus, de très mauvais regards. Paul sait que ça va bientôt mal finir, mais la détestation des autres l'excite terriblement. Le samedi à la synagogue, il en rajoute dans la provocation. Dès que le pire devient sûr, ça le rend fiévreux, aigu, efficace. Il anticipe frénétiquement les insultes, les coups et les persécutions.

Au bout du printemps 47 à Antioche de Pisidie, à mille deux cents mètres au-dessus de la mer, les autorités finissent par s'entendre : les juives pour condamner les deux missionnés à trente-neuf coups de fouet – c'est le tarif normal pour tout Juif convaincu de blasphème ; les romaines pour les chasser – ce qu'encourt dans une colonie n'importe quel fauteur de troubles publics. Les coups de fouet sont administrés le matin du 12 juin, après le lever du soleil. Paul et Barnabé se relèvent le dos meurtri, les jambes flageolantes. Maintenant ils sont sommés de quitter la capitale de la Pisidie. Samuel a préparé assez de nourriture pour tenir dix jours, le temps de faire la route de l'est – jusqu'à Konya. Il a préparé les sacs. Il a payé deux gaillards aussi solides qu'imbéciles, Dimas et Hermogène, pour les escorter, porter les sacs, et faire avec eux le chemin.

On part à pied. À la sortie d'Antioche, Paul et Barnabé secouent la poussière de leurs sandales. Samuel les bénit une dernière fois. Trente kilomètres de montée pour commencer. Un sentier sinueux entre des collines chauves, à respirer les absinthes jaunes et les asphodèles blancs, à franchir des gorges acérées violettes. Les cailloux roulent sous les pieds, de rares moutons bêlent. Au soir du deuxième jour, le plateau de Lycaonie devant eux se déroule. La voie romaine est là. On dort à Philomélion.

Le lendemain, c'est l'interminable monotonie des plaines aplaties par le vent. Le ciel est bleu, la terre beige, on marche lentement. Il n'y a plus rien à voir et les regards se perdent. De maigres arbres secs trouent parfois le ciel. Jusqu'à Konya, ils mangent des pommes, un peu de viande séchée. Ils dorment à la belle étoile. Les nuits sont douces. On ne sent bientôt plus la douleur du frottement du tissu sur les plaies. Paul recommence à se passer dans la tête des discours à prononcer à la prochaine étape, remerciant son Maître pour les souffrances reçues, citant les douleurs de la femme enceinte. Il sait, lui, qu'il doit accoucher d'une Église.

Tableau 7

Arrivée de Paul à Konya

Les maisons à Konya s'enchevêtrent. En accentuant des irrégularités de terrain, on a produit un millefeuille de terrasses et de murs. Ce qui permet l'été de retenir l'ombre, la fraîcheur, et de se protéger l'hiver contre les vents glacés. Le balcon de la chambre de Théoklïa surplombe le coin du jardin d'Onésime, et c'est depuis ce balcon, par cette protubérance de pierres, que commence, un soir de l'été 47, l'histoire de Paul et de Théoklïa.

Depuis l'épisode de la gifle, les deux femmes ne se sont plus parlé. Et puis la mère a cédé, après dix jours. Elle ne s'est pas excusée bien sûr ; juste, un matin, elle a fait comme si rien ne s'était passé et proposé à Théoklïa, qui n'en pouvait plus de n'adresser la parole à personne, de voir avec elle pour une nouvelle disposition des lits, « plus romaine », dans la pièce du bas. Au moins on peut bouger, faire presque des pas de danse et sortir dans la cour.

Et puis, brusquement, la discussion a tourné sur la coiffure, et vlan les mains de sa mère dans ses cheveux, qui les triture, les « arrange » comme elle dit. L'agressivité qu'elle y met tout en la cajolant de paroles : c'est impossible. Théoklïa lui arrête les mains sans rien dire et silencieusement gagne l'escalier, sa chambre, puis sa terrasse. « Je n'ai pas faim, fera-t-elle savoir. Laissez-moi seule ici. »

Elle rêvasse encore quand le soleil se couche, mais sent bientôt autour d'elle du mouvement. Elle voit se rassembler en contrebas une multitude : notables et paysans, jeunes et vieux – beaucoup de femmes quand même –, tout un monde de dévoyés de la synagogue, de prosélytes enthousiastes, de païens fraîchement convertis.

*

Paul depuis son arrivée a, comme à Antioche, commencé à harceler le samedi les synagogues de Konya. Autrement, du lundi au vendredi, il tisse le matin, court la campagne l'après-midi, enseigne le soir, profitant de l'hospitalité d'un disciple pour façonner une nouvelle Église. Depuis plusieurs semaines, il passe ainsi de demeure en demeure – jusqu'à ce soir où il est hébergé par Onésime pour enseigner dans son jardin, surplombé par le large balcon où Théoklïa essaie d'oublier cette mère qui l'étouffe. Le ciel est d'un bleu tendre, tout juste souligné par la flamme de grands chandeliers qu'on a apportés. Une brise tiède berce cette lumière. Le silence règne. Paul parle à des baptisés tout frissonnants encore d'avoir été plongés dans l'eau. Théoklïa écoute.

Sœurs et frères, si vous êtes là ce soir c'est que vous avez été transformés. Je veux dire : vous êtes morts, vous êtes morts à vos vies anciennes, morts à vos anciens désirs. Et tout comme Yeshoua à Jérusalem passa de la mort à la vie, vous aussi en vous faisant mourir à votre vie d'avant, vous avez poussé votre propre renaissance. Je vous regarde et je vous aime. Des lambeaux de cadavre émaillent encore votre peau neuve car votre peau est neuve comme celle des nourrissons. Vous êtes mes nouveau-nés, c'est moi qui vous ai engendrés par croyance, par espérance et par chérissement, je vous ai engendrés, je vous ai comme sortis de moi en vous faisant plonger dans l'eau et rappelez-vous : dans l'eau vous avez été noyés et maintenant, comme des chatons sortis du ventre de leur mère, vous êtes maladroits. Vous avez absorbé après la noyade la puissance du souffle qui est puissance de croître et moi je dois veiller sur elle car regardez comme le paysan veille sur ses pousses : il part le matin en amant fébrile, en mère inquiète, les retrouver, espérant qu'elles aient fortifié. Je vous les annonce ce soir, je vous les suscite, je sollicite les trois troncs futurs mais encore trois bourgeons dans votre cœur neuf et sensible ; je les arrose de ma parole. Car votre cœur est neuf, tout léger, ne laissez pas les lambeaux restants du cadavre l'appesantir, ne vous laissez pas aspirer par cette vie ancienne qui est votre mort car cette mort-là alors n'aura plus de retour. Oui, votre cœur est neuf et propre comme le plateau de la table que le charpentier vient de polir alors écoutez-moi, vous que j'ai constitués descendants de la promesse d'Abraham. La première bouture, c'est celle de la croyance ; je ne dis pas la croyance comme ce qu'on aime bien penser, je ne dis pas la croyance comme ce qui se tient entre le front et les cheveux, je dis l'enfant courant dans les bras de son père et quand il se pelotonne contre sa mère la nuit. À quelle balance pensez-vous pouvoir peser le poids de sa confiance, quelle balance allez-vous me trouver, celle du boulanger, celle de l'orfèvre ? Elle fera éclater les balances parce que sa confiance, quand il saisit le sein de sa mère, est comme le soleil de midi. Croyez dans ce que je vous dis comme l'enfant croit quand il se jette dans les bras de sa mère. Je dis la croyance comme l'adhésion parce que le petit adhère à sa mère. Et sachez bien qu'on vous traitera de fou, et on vous dira folle, mais c'est alors que vous saurez être exactement au-dessus de ce qu'il faut savoir, alors laissez-vous maltraiter, laissez-les vous insulter et ce sera du miel. La deuxième bouture, c'est celle d'espérance : je ne dis surtout pas comme un tel attendant que ceci soit cela ou autre chose, je ne dis pas comme l'espérant qui voudrait bien que quelque chose arrive. Je dis l'espérance comme l'enfant au bord de la mer attend le retour de la vague, je dis comme la mère enceinte caressant son ventre et les mères n'attendent pas l'enfant comme le laboureur la pluie du lendemain : leur joie ne tremble pas. La dernière, c'est la bouture d'amour, là je ne dis pas l'amour des amants, je dis le chérissement plein de la mère pour ses petits, je dis le chérissement prêt à tout quand on menace son amour, à tous les sacrifices : un amour plein comme le désert de sable et rugueux comme le crin de chèvre. Or, depuis que vous avez revêtu l'Annoncé, parce qu'il est votre peau nouvelle, je ne vous demande pas de penser à Yeshoua comme à l'ami loyal ou à l'époux fidèle. Je vous dis de l'affecter, je vous dis de le mettre et qu'il vous colle mais pour enfiler cette peau et qu'elle adhère, vous devrez quitter les croûtes mortes, les squames je veux dire les richesses qui congestionnent, les protocoles qui alourdissent, les plaisirs qui empâtent, je veux dire ce qui vous cloue, vous amarre, vous pétrifie, je veux dire les fardeaux du monde, de la famille, du travail que vous avez mis votre honneur à porter, à supporter alors que le temps est si court il se rétrécit. Oui, désormais le temps est court et quand sa maison est en flammes la seule urgence c'est d'emporter son corps et de porter celui de ses enfants, donc je proclame ce soir : heureux les abdiquants du monde, heureux les pauvres, heureux surtout le corps des vierges, heureux les légers…

Tableau 8

Théoklïa entend la prédication de Paul

Des béatitudes, il y en a comme ça une dizaine, comme si Paul les brodait à mesure. Chacune est reprise par la foule qui la psalmodie lentement. Le jour est tombé, les voix font dans la nuit une vague vibrante. Ce soir, il parle du corps des vierges, et combien ce corps a gardé le parfum du paradis perdu. La nuit est violette, les lueurs des chandelles tremblent en bas. Théoklïa écoute. Elle est prise. Elle est captive. Elle ne peut pas voir Paul d'où elle se trouve. Elle entend la voix qui monte. Elle entend sa voix portée, élevée par le silence car tous autour se taisent. Et après de longues minutes, une petite heure, son corps de vierge clame, son ventre réclame : là est mon aventure, là le flot qui emportera ma vie sans vagues, là le vent qui dispersera les certitudes de ma mère, là la tempête qui engouffrera les arrogances de mon fiancé, là, là : dans ce que lui en bas raconte, articule, dénonce. Elle reste « trois jours et trois nuits » sans manger, boire, ni dormir, sur la terrasse à toujours vouloir écouter et attendre, refusant de rentrer. On ne sait jamais, pense-t-elle, et s'il revient ? Des fidèles dorment dans le jardin, d'autres continuent tard à parler. C'est comme si elle restait avec eux. Et s'il réapparaît pour dire quelque chose, il faudra être là.

Voici comment se passent les choses : Paul deux fois par mois investit la cour d'un hôte pour assurer la formation de dizaines de frais convertis. Il leur tient ses discours sur les cahots du chemin, les exigences du Dieu d'Israël, les récompenses à attendre. Avec rage il mélange tout, il touille furieusement : sa rencontre avec Yeshoua sur la route de Damas, comment le Messie annoncé d'Isaïe est venu, mort et resurgi des morts, l'urgence de croire, de partir, la fin du monde si proche et le rachat des fautes. Et puis la virginité, partout la virginité : rester vierge, redevenir vierge, la virginité comme exploit, joie, conquête, défi, héroïsme, enfoncement dans la vie pure, vigueur et soleil avec la mer. « Ma virginité ! Ô ma course folle dans l'herbe ! » Elle pense au vent, ça la fait rire, Théoklïa. Paul entraîne tout dans son flot de paroles. Théoklïa est emportée. Enfin il lui arrive quelque chose. Sur l'océan terne et calme des mesquins, des assis, des rassis, des passifs, des étriqués de l'existence, son balcon tangue enfin.

Cette lubie soudaine plonge sa mère dans une rage folle. D'écouter Paul, ça lui a mis du feu aux joues à la petite, des lumières dans les yeux. Et de sa bouche, quand on lui demande de rentrer dans la maison, sortent des phrases aberrantes, des propos fantasques sur le refus du mariage (!), le corps temple du souffle (!), la démolition des temps (!), le bonheur de rompre le pain (!), l'urgence de brûler les bijoux et les robes (!) – tout ça pris dans une exaltation, des soupirs longs comme la mer.

Il faut faire quelque chose, il faut lui faire quitter ses folies à la petite, d'autant qu'évidemment ça commence à se savoir – tout se sait, on vit les uns chez les autres, tout s'enchevêtre, tout s'imbrique. La mère en pâlit de honte quand des voisines faussement apitoyées, au deuxième jour, susurrent avec un fond de jouissance âcre dans la gorge : « Mais qu'a-t-elle, votre fille ? » L'heure est aux décisions, la mère le quatrième jour convoque à la maison le fiancé pour qu'il raisonne sa promise. Un peu de fermeté mâle, un torse proéminent : rien de tel, se dit la mère, pour ramener au sens commun sa fille – la suite montrera combien elle se trompe.

Théoklïa le prend de haut. Le regard mi-provocant, mi-perdu, elle parle de virginité et de Royaume. Et Thamyre est surpris, dérouté, confondu. Est-ce qu'il pouvait seulement s'imaginer qu'une femme, femme même pas, non : une fille, le considère ainsi ? Il est arrivé ne doutant pas une seconde de ses yeux, de son sourire à lui, Thamyre. Mais Thamyre est un joli garçon, platement, comme peut l'être un jeune homme de vingt ans, sincèrement bête ; et pourtant il se sentait fort comme une érection du matin. Mais là, il se heurte à un mur. Résistance, mais pas celle des chevaux sauvages, pas celle des souches à arracher dans le jardin du père. Non, la résistance du lointain, de l'échappée, la force de l'appel du large. Théoklïa le toise, enfonce dans les siens ses yeux hazel. Alors il se dit qu'elle est folle et qu'il doit la sauver. Il se demande qui sont tous ces gens en contrebas chez le voisin, qui s'assemblent, bavardent, s'embrassent, sourient à s'en faire exploser la mâchoire. C'est indécent à la fin, cette allégresse qui dégouline, on les sent humides de compassion, d'amitié. Mais qui sont ces hommes, qui ces femmes, qui cette secte ?

Entre gendre et belle-mère – sans la fille évidemment –, une discussion a lieu. Deux adultes responsables, lui s'appuyant au chambranle romain, elle debout, vêtue d'une toge romaine aux manches très courtes laissant apparaître les rides de ses bras. Conclusion : une enquête. Le fiancé, bien humilié déjà par le dédain de la fille, électrisé par la rage de la belle-mère, s'élance pour la mener. Il sort, fait le tour, se poste devant la porte du voisin, il interroge – « habilement », comme il racontera plus tard – des souriantes et des béats. Mais il n'en tire que des éloges mouillés de l'illuminé là-bas et des bénédictions encore plus flasques. Il change de tactique. Il interroge plus large : les gens de la maison. Il cherche à savoir comment tout ce monde est venu et qui est le prêcheur… Et il finit par tomber sur les deux compères qui ont accompagné Paul et Barnabé pour faire la route depuis Antioche : Dimas et Hermogène.

D'Antioche à Konya, il faut bien compter une grosse semaine de marche et de fatigue. Les quatre n'ont pas traîné, la route pouvait être dangereuse. Bien sûr la *pax romana*, bien sûr la *Via Sebaste*, mais ça n'empêchait pas là, ici, la présence de bandits. On n'était que quatre après tout. Alors, après l'étape, en étendant les jambes, soulagé, on s'est délié la langue. Et les deux Juifs toujours mettaient au crédit de leur Dieu le soleil doux du soir et la bonne arrivée. Les deux imbéciles hochaient poliment la tête. Le râblé répétait son histoire de l'Envoyé majeur. Alors à force, le huitième soir, ils ont demandé le baptême. Après tout, ce pouvait être une opportunité à saisir. On les a immergés en passant près d'un lac, comme ils avaient rendu service. L'eau était fraîche, on était à plus de mille mètres, ils ont dû plonger tout le corps trois fois, et la tête. Paul maintenait les épaules. Mais ça les a déçus, les néophytes. Ils attendaient quelque chose et rien n'est venu. Après le prononcé du *Patêr hêmôn* appris par cœur en grec jusqu'au *rhusaï hêmas apo tou ponêrou* (« délivre-nous du mal »), rien ne s'est fait sentir. Ils ont juste eu droit à des discours sentencieux sur comment désormais se conduire pour être à la mesure, à la hauteur de ce qu'ils venaient de recevoir et d'apprendre. La farce les a refroidis.

Quand Thamyre les trouve à Konya pour les faire parler de Paul, ils ont de l'amertume à revendre. Le fiancé les invite dans la meilleure taverne de la ville. Il y a de l'agneau au miel, des pains aux olives, du vin des Allobroges. Ils mangent, boivent, et pour remercier ils déblatèrent, débagoulent. Les deux Juifs en prennent pour leur compte : illuminés fanatiques, propageant des croyances totalement insensées ! Obsédés de la virginité et de la pauvreté ! Détestant boire, même manger ça leur est compliqué ! Priant trois fois par jour ! Bénissant comme on se mouche en hiver ! Et surtout remerciant, remerciant, remerciant Dieu toutes les quatre secondes !

Mais, baragouinent les deux filous la bouche pleine, force est de constater : leur histoire d'Annoncé, ça prend chez les petits. Le trapu a un bagout incroyable, un volcan dans la gorge. Quand il parle, c'est un feu d'herbes sèches un jour de vent, et les vents sur les plateaux d'Anatolie, il faut les entendre souffler. Même ceux qui ne comprennent pas un mot de grec le suivent. C'est dire d'où ça vient. De plus loin que le bon sens. C'est un peu du prodige quand même.

Ils doivent être un peu sorciers après tout. C'est ça : des magiciens, ces « chrétiens », comme ils s'appellent. Dans les familles, ils débauchent. Les jeunes hommes désertent les travaux des champs en pleine moisson ; les jeunes filles brutalement refusent de troquer leur virginité contre les trésors du mariage.

Le déjeuner a bien rempli son rôle. Thamyre laisse ses convives ivres morts. Il rentre chez lui. Réunissant d'urgence son père et trois chefs de famille de Konya parmi les plus respectables, il leur résume en hurlant presque le discours des fielleux. On prend aussitôt la décision d'aller prévenir le gouverneur. Sans attendre.

Le proconsul Cestilius reçoit ces notables qui déroulent bientôt le récit des deux Juifs arrivés depuis quelques semaines et mettant la ville à feu et à sang avec des discours. On donne des exemples. On cite des noms. On invente des histoires. On sur-tremble d'indignation en déclinant les paroles rapportées : enterrement du mariage, amour de ses ennemis, fin de la propriété, anéantissement des temps. Et bien sûr, comme toujours avec les lubies nouvelles, les jeunes sont les premières victimes, leurs âmes fraîches se trouvent excitées par ces désintéressements orgasmiques. Les quatre vieillards dans l'indignation surenchérissent.

– Si on s'en prend à la famille et à la propriété, où va-t-on !

– Monsieur le gouverneur, que dites-vous à mon

fils ? Un mariage prévu de longue date, une cérémonie à la romaine. Pensez-y !

– Et il suffit d'un intrus agitant d'azimutées chimères dans la cour du voisin pour tout faire envoler ?

– Si on ne fait rien, dans deux mois, avant l'arrivée de l'hiver, ce sera le chaos !

Telle est la scène : les quatre vociférant devant la table du gouverneur, Thamyre se tenant en retrait – c'est le plus jeune. On s'est partagé la parole, chacun y est allé de son trémolo personnel.

Le Romain, assis, le dos droit, les yeux fixes, est tout embarrassé. Il vient de se faire nommer proconsul à Konya et n'aime pas les vagues. Depuis sa nomination : il soigne la vénération d'Auguste ; il permet aux gens d'ici d'adorer les déesses-mères des plateaux ; il aide les Grecs à dresser des statues d'Hermès sur les carrefours ; il laisse les Judéens prier jalousement leur Adonaï. Alors qui sont ces démons qui viennent troubler la paix romaine, qui sont ces propagandistes de la rupture ?

Les pères de famille parlent de Juifs dissidents que les synagogues elles-mêmes ont fini par vomir, porteurs d'une annonce délurée qui fait des ravages chez les jeunes à la cervelle légère, friable, perméable – mais aussi chez les artisans pauvres, les paysans misérables et les vieilles femmes sans avenir. Une angoisse griffe le cœur du gouverneur : et si c'étaient ceux que l'empereur Claude a publiquement désignés, vilipendés comme une « peste ravageuse et dangereuse » se répandant à Alexandrie, un « fléau général » menaçant les côtes ? Le mal aurait-il franchi les premières chaînes du Taurus ? On a communiqué entre proconsuls sur une secte juive radicale – qui en appelle bien au Dieu d'Israël, mais en réalité recrute large.

Cestilius n'a pas le choix. Il a devant lui des notables hurlant à la fin de la civilisation, dénonçant la décadence au moment où Konya doit devenir plus romaine.

– Rendez-vous compte, ils invitent à se dépouiller de tous les biens, à s'abstenir de tous les plaisirs !

– Bientôt on ne se mariera plus ?

– On va peut-être passer son temps à se nourrir de vent et de belles paroles ?

– Et puis quoi encore !

Cestilius est le représentant de l'ordre et de la paix, de la famille et de la propriété, en un mot : Rome sur ces plateaux venteux. Il soupire. Il rassure ses administrés.

– Ce « chrétien », comme vous dites, sera mis aux fers immédiatement. Qu'on dépêche des gens d'armes pour aller le saisir !

Thamyre se dit que le problème est réglé, que c'en est fini de l'illuminé, de sa prose dans le jardin. La mère sera contente, il aura son mariage.

Tableau 9

Arrestation de Paul

Il y a du mouvement dans le quartier, évidemment. La nouvelle de l'arrestation fait scandale, met la ville en ébullition. Les proto-baptisés menacent d'émeute mais Barnabé appelle au calme. Il accompagne Paul qui s'est laissé arrêter sans colère, ravi par la tournure dramatique que prennent les événements. Les deux Juifs sont confrontés au proconsul romain. Il est tard déjà, la nuit tombe.

– C'est une affaire pénible qu'on me raconte là. Dites-moi d'abord qui vous êtes.

– Je suis Paul, né Saül à Tarse, juif de la tribu de Benjamin. Et citoyen romain.

Cestilius sursaute.

– Et moi Barnabé, juif de la tribu de Lévi, né Joseph à Chypre. Son proconsul nous recommande, ajoute-t-il en tendant une lettre que le gouverneur parcourt rapidement.

– On me rapporte des discours que vous auriez

tenus – enfin je dis « vous », mais c'est surtout de toi, Paul, qu'il a été question. Des discours dangereux, inqualifiables, fanatiques.

– Qui m'accuse ?

– Les meilleures familles de Konya ! Alors ne va pas crier à la diffamation.

– Je veux savoir ce qu'on raconte.

– Que tu tiens sur le mariage et la propriété des discours qui ébranlent les piliers de la paix en incitant au désordre.

– Et comment ?

– En rendant désirables la pauvreté et la virginité.

– Je ne fais que glorifier la pureté.

– Alors être marié, propriétaire, cela rendrait impur ?

– Non, mais rester vierge, devenir pauvre font le chemin plus facile.

– Le chemin, mais quel chemin ?

– Vers le Royaume, moi je prépare au voyage.

– On ne comprend rien.

La voix de Paul devient plus rocailleuse.

– Ô Cestilius, il s'est passé il y a dix ans à Jérusalem un événement qui a changé la face du monde. Le Dieu d'Israël a envoyé son Fils parmi nous pour proclamer un nouveau pacte, une nouvelle alliance, faire une offre de salut. À tous.

– Très bien pour vous, mais en quoi cela nous

concerne-t-il ? Réglez vos problèmes entre Juifs, nous avons toujours respecté vos croyances.

– Tu ne comprends pas, Cestilius, l'offre est pour toutes les Nations, pour toutes les femmes, tous les hommes, tous les enfants et il n'y a plus ni Grec, ni Romain, ni Juif, ni Barbare qui comptent. Je ne parle pas d'une modification de nos croyances juives, je parle d'un tournant du monde, je parle de la catastrophe. Tout touche à sa fin, Cestilius, et le temps presse. Alors on se prépare.

– D'où sors-tu ces nouvelles fadaises ?

– Ah non, ne parle surtout pas de nouveauté ! Car tout a été annoncé, préparé depuis toujours. Je dis seulement l'accomplissement de l'Éternel, rien d'autre. Je n'invente pas des dieux nouveaux, car il n'y en a qu'un seul, il n'y en a jamais eu qu'un seul, celui d'Abraham, d'Isaac, de Jacob. Appelle cela sottises, sornettes autant que tu veux, mais sur les côtes et dans les plaines d'en bas, les communautés sont formées. Là-bas déjà on se prépare.

– Les autres sont déjà au courant ?

– Quels autres ?

– Les autres proconsuls !

Barnabé alors intervient.

– Sergius, de Chypre, oui. C'est lui qui nous envoie en Pisidie et en Lycaonie pour vous prévenir.

– Mais que dit exactement l'Annonce ?

– Adonaï avait éternellement élu un peuple parmi tous les autres, celui de la race d'Abraham, pour qu'il le glorifie. Aujourd'hui, depuis son Annoncé, c'est chacun parmi tous les autres qu'il choisit d'aimer.

– Il a élu chacun parmi tous les autres ?

– Oui, comme il avait élu parmi les autres Nations notre race.

– Chacun parmi tous les autres, mais ça ne veut rien dire !

– Si, ça signifie Yeshoua, ça veut dire son amour, chacune et chacun en particulier a été choisi parmi tous les autres, et c'est à chacune, à chacun d'entre nous d'entendre ou de faire taire, d'espérer ou de gesticuler, d'aimer ou de survivre. Et ceux que j'ai réunis dans le jardin d'Onésime, ce n'est pas à moi que je les ai réunis, c'est eux qui se joignent à l'Annoncé, s'abouchent avec lui, se font mourir dans l'eau pour revivre. Cestilius, maintenant écoute-moi, car il sera bientôt trop tard : le temps est court à Konya comme à Antioche de Pisidie. À Jérusalem les murs du Temple tremblent déjà.

Tableau 10

La fuite de Théoklïa

C'est ainsi que Paul parvenait à convaincre. Il n'a jamais durant cet entretien pris des yeux fous ou agité les bras en hurlant : « Il est venu, il est venu ! » Non, il fait comme le sage regardant le bouillonnement du fleuve après de gros orages. Avec une voix forte et grave, il anticipe les crues ; il annonce les inondations ; il indique où se réfugier et quoi prendre. Paul possède la même couleur de voix, sombre, profonde et bleue, en parlant de fin du monde, ou même plutôt du passage des mondes, passage d'un règne à un Royaume. Il donne des indications pratiques pour se trouver au mieux dans l'autre. Et avec son assurance on sent, rien qu'à l'écouter, que ça a déjà commencé et qu'il faut faire vite désormais.

Cestilius est embarrassé. Il veut temporiser, lui. La fin du monde, oui, peut-être, mais il est proconsul depuis cinq mois seulement, alors la fin du monde tout bientôt… Et il n'est pas question de se faire mal voir des notables de Konya. D'autre part, Paul est citoyen romain et Rome exige qu'on traite correctement ses membres. Donc, même s'il est ébranlé, il décide : mettre déjà Paul aux fers et bien faire connaître partout sa résolution ; parallèlement, prévenir l'incarcéré que la prison ne sera qu'une petite comédie et qu'on l'exfiltrera bientôt.

Paul est enfermé, jeté dans une cellule. On ne lui met pas les chaînes. Pire, il est l'objet d'égards : on lui offre des galettes de céréales, beaucoup de fruits, une cruche d'eau fraîche. Des conditions plus dures ne lui auraient pas déplu – avec sa manie de prendre les épreuves pour des signes, les souffrances pour des confirmations. Aucune naissance ne se fait sans douleur, répète-t-il à Barnabé, comme il répète aussi : « Ne s'agit-il pas d'accoucher d'une Église ? »

Il a compris l'impression qu'il a faite sur Cestilius. Il remercie Yeshoua. Il tourne dans sa tête d'autres prières, d'autres discours. Et il s'endort.

*

Théoklïa ne rêvasse plus sur sa terrasse. Elle a appris l'arrestation de Paul – sa mère s'est empressée de la lui annoncer avec un sourire mauvais. Alors Théoklïa calcule, frémit, s'enflamme. Dans sa tête tout tourne, elle n'a qu'une obsession : revoir

Paul, l'entendre encore et lui parler. Elle veut lui dire comment tout a changé pour elle, qu'elle a des connaissances, des projets, de l'argent pour lui, pour eux, pour Yeshoua, pour la Cause nouvelle. Elle se sent vivre. Elle tremble de se sentir à ce point vivre. Dans son ventre, c'est un vent brûlant qui tourne, des tourbillons de neige chaude. Mais pour tout ça, il faut le voir, lui expliquer et qu'il se rende compte. Comment faire ? Théoklïa sur son lit, dans sa chambre, a les yeux grands ouverts. C'est la nuit, autour d'elle on dort.

La mère est bien retournée tout à l'heure faire à sa fille le discours du soir et du devoir. Pour elle, tout recommence, et l'épisode est clos. Elle a parlé de vertu et de dettes. Elle a parlé de descendance et de mémoire. Elle a parlé de liens d'amour – oui, elle a osé parler d'amour ! – et de voisinage. Elle a parlé de fortune et de propriétés. Et puis, à la fin, elle a parlé de mariage. Théoklïa est restée muette, affectant un sourire de circonstance. Elle n'a rien objecté. C'est que dans sa tête valsaient les mots de Paul. La mère dans ce silence a vu de la docilité. « Va, se disait intérieurement la fille, tu peux continuer de parler, je suis déjà partie, je suis déjà là-bas. J'ai contre toi une revanche au creux du ventre qui me transperce, j'ai contre toi la fin du monde à exaucer, j'ai contre toi mon corps de vierge qui respire le paradis alors que toi, vieille carne, tu pues déjà la déconfiture et la mort. »

Elle a décidé, Théoklïa. Elle sait qu'elle va commettre des choses sans retour. Elle trame dans sa tête une décision qui la fait trembler, de joie et de peur, et qui va provoquer son histoire ; une décision qui fera d'elle la première prodige de l'histoire chrétienne. Maintenant, elle en est à ce point où elle a peur d'elle-même. Elle se reconnaît à peine, elle se trouve excitante. Se parlant à elle-même, dans sa tête, elle ne sait plus qui dit « vas-y, vas-y, vas-y » et qui dit « non, non, non », qui est l'autre et qui est elle.

On est dans les années quarante au cœur de l'Anatolie. La jeune fille est d'excellente famille et elle est fiancée. Elle choisit le chemin d'infamie, du scandale : s'enfuir de chez elle, cette nuit, pour rejoindre Paul dans sa prison. Après tout, se dit-elle, si le temps est venu et si la catastrophe a déjà commencé… N'est-ce pas d'ailleurs un signal que d'avoir choisi ce jardin au-dessous d'elle – précisément ce jardin et pas un autre, précisément ce jour alors qu'elle aurait pu parfaitement être ailleurs, chez sa tante à Lystra par exemple, où elle devait aller ? Elle aime bien sa tante, elle la repose de sa mère. Mais elle a préféré rester. Pour entendre Paul, n'est-ce pas ? Désormais elle sait ce qu'elle peut faire de sa virginité. Ce n'est plus une condition de vente pour le mariage et la tristesse, une clause pour la monotonie des jours. Non, sa virginité est une arme, une provocation, une chance, un accélérateur de transes, un morceau de paradis vivant, vibrant en elle. Et elle veut commencer sa vie nouvelle, elle sait qu'elle doit commencer sa vie nouvelle, qu'elle doit la commencer ce soir.

Mais commencer où, comment, commencer quoi ? Il faut voir Paul, lui demander, lui seul sait. Et qu'il lui raconte Yeshoua tout entier. Oh, il faudra ruser, bien sûr, mais il n'est jamais difficile de corrompre les hommes. Alors elle se lève et s'habille. Elle ouvre sa boîte en bois de poirier : colliers de pierres, bracelets d'ivoire, miroirs d'argent s'y entassent, enchevêtrés. Elle prend un miroir, des bagues, beaucoup de bagues ; ça va, c'est petit, ça tient dans une poche de lin – de l'or et de l'argent. Dix fois... Son cœur bat si fort qu'elle l'entend frapper sa poitrine. Dix fois à pas de chat dans le couloir elle marche et puis, juste avant l'escalier, retourne dans sa chambre. Vingt fois, trente fois... Et elle regagne sa chambre. Et là, paralysée, elle ne se dit même rien, elle attend que sa force revienne, elle hésite. Et repart à nouveau vers sa fuite.

Le portier de la maison familiale est un vieux paysan d'un village perché là-bas dans les collines, aussi gros qu'il a l'esprit lent. Cette fois elle y est, elle a fini par marcher jusqu'à l'entrée. Elle s'étonne elle-même, mais là, une fois devant, devant lui, elle n'hésite plus. Sa voix est claire. Elle lui donne l'ordre d'ouvrir la porte. Il fait de gros yeux ronds, balbutie. Et plus elle insiste, plus il prend un air bête. Quand elle lui glisse un collier d'émeraudes dans une main en lui assurant qu'elle sera vite rentrée, de l'autre il frotte son crâne chauve. Quand en croisant les bras elle dit : « Maintenant j'attends », d'une voix dont la fermeté la surprend elle-même, la grosse moustache du portier tremble. Il se lève, ouvre la porte, la referme en grognant. Voilà, elle est dehors. L'air est encore chaud. Elle se couvre de son voile bleu sombre. La lune est brillante et les rues blanches et vides. Elle est légère, son pas dansant, elle n'hésite plus.

Parvenue à la prison, elle doit encore convaincre le gardien, ce qui est à la fois plus facile – il a l'habitude de vendre des droits de visite la nuit – et plus cher : elle se débarrasse du miroir en argent et de toutes ses bagues. Le veilleur la conduit jusqu'à la cellule, ouvre la porte, il accroche un flambeau au mur. La lumière danse, Paul dort en boule, son manteau sur lui. Théoklïa est debout, elle en tremble d'être là. Son courage lui fait des larmes sur les joues. Puis elle se met à genoux. Elle sait qu'il est trop tard maintenant. Sa vie a changé. C'est fini. On ne revient pas de ces choses. Elle prie. Elle articule des bouts de prières apprises depuis sa terrasse.

Puis c'est le saisissement de Paul. Réveillé brusquement. Devant lui : une apparition récitant un *Patêr hêmôn* approximatif. Les longs cils des yeux clos dessinent deux demi-soleils noirs. Mais c'est la légèreté de la voix qui l'affole. Il se réveille tout à fait. Ébloui, sidéré, il reste sans voix des secondes, baisse la tête, serre ses bras autour de sa poitrine. Puis il demande :

– Qui es-tu ? Qui es-tu et que fais-tu ici ?

– Théoklïa. Je suis Théoklïa. Je suis fille d'une grande famille de Konya, orpheline de père. Je t'ai entendu depuis mon balcon et c'est parce que je t'ai trop écouté que ce soir tu es en prison. Ils n'ont pas supporté mon entêtement à te suivre, à aimer tes paroles, à vouloir te croire. Ils ont essayé de m'arracher à ta parole. J'ai résisté, alors ils t'ont enfermé.

– Pourquoi t'excuser ? Non, mes souffrances ne comptent pas, ne t'accable pas, mais rentre vite chez toi. Mon chemin doit être dur, c'est ainsi, ne t'inquiète plus, je ne suis pas maltraité.

– Partir où ? Je ne te quitterai pas ! Comme tu le demandais, j'ai tout abandonné, comme tu l'exigeais, j'ai brisé ma vie ancienne. J'ai vendu mes bijoux et sacrifié mon honneur. Maintenant je suis là, enseigne-moi, redis pourquoi les temps sont courts, redis ce qui nous attend.

– Tu es courageuse mais tout cela est trop dangereux

pour toi. Il est temps encore, pars, retrouvons-nous après, rentre, va demain dans le jardin où j'enseignais, je t'attendrai. Plus tard, oui, on trouvera une rivière.

– Tu parles, toi, de fuir ? Tu parles, toi, de dangers ? Comme si j'étais une voleuse. Ose me dire quelle urgence serait supérieure à l'Annonce ! Je viens, je vends mes perles, je flétris ma réputation, et tu me donnes des conseils de prudence ? Mais que disais-tu tout à l'heure ? Qui parlait de tout liquider, la famille, les richesses, la réputation, qui ? Je suis promise au mariage et à la vie ancienne. Mon ventre explose sous le souffle de ta parole et toi tu me rejettes ? Non, je ne partirai pas.

– Ce n'est pas ça. Je comprends, bien sûr, mais pas là, pas maintenant. Attends, j'appelle. Tu dois partir, c'est trop dangereux s'ils nous trouvent ici ensemble.

– Ne fais pas ça, n'appelle pas, j'arrache ma tunique si tu appelles, n'appelle surtout pas ! Lâche ! C'est toi qui demandais tout à l'heure de venir, toi qui disais de répondre à l'appel ! Parce que je suis une femme, je ne peux pas répondre à ton appel ? C'est toi peut-être qui vas dicter les convenances, et pourquoi pas, le respect des familles ? C'est en les respectant que Yeshoua a combattu le vieil ordre ?

Théoklïa est debout. Tenant à deux mains les pans de sa tunique fine, elle fait le geste de la déchirer.

– Attends. Reste tranquille. Rassieds-toi. Calme-toi. Ne tremble plus, écoute-moi : je vais te dire qui il est, je vais te dire ce qu'il demande, je vais te dire ce qu'il annonce.

Tableau 11

Exil de Paul et condamnation de Théoklïa

Paul parle toute une partie de la nuit.

Le veilleur enrichi par la vierge s'est fait porter du vin et l'ivresse bientôt lui fait oublier son hôtesse. Paul et Théoklïa finissent, après tant de discours et tellement de prières, par s'endormir. Sa tête à elle repose sur ses pieds et le matin doucement s'avance.

Dans la maison de la vierge, c'est une grande panique : Théoklïa est introuvable ! Le portier, qui avait compris après quelques heures que la fille ne reviendrait pas, avait pris la fuite. La mère, effondrée, se reproche de lui avoir parlé durement puis soupçonne le portier de l'avoir enlevée, bientôt demande qu'on aille trouver le fiancé, qui accourt, fier qu'on lui donne l'occasion de parfaire son statut de gendre indispensable. On arpente les rues, on questionne, on interroge, jusqu'à finir par tomber sur un compagnon de beuverie du gardien de prison, qui raconte… l'impossible. Qui aurait pu imaginer cela ? Une petite foule s'amasse devant la porte de la prison. Le fiancé trépigne et parle haut. C'est assez pour dessoûler le gardien, qui file récupérer la vierge et le prédicateur, et les fait sortir comme un couple maudit, sur le pas de la porte, sous les huées. Le soleil est déjà haut. On conduit le couple coupable chez le gouverneur. Paul et Théoklïa sont traînés par la foule dans les cris et la poussière.

*

Quand on lui apprend où est passée sa fille, la mère demeure immobile, toute pâle de rage. Son monde s'effondre, les projets de mariage d'un coup s'envolent, son enfant est devenue en une nuit la putain de Konya, une traînée, la honte de la famille, une tache de boue, une souillure. La mère reste longtemps silencieuse, sans qu'on sache si elle contient sa colère folle ou si elle la laisse monter, envahir lentement tout son corps, la submerger.

Dehors, anxieux, se pressant férocement à sa porte, quelques amis du fiancé, sa famille, le voisinage et des parents sont là. Ils attendent.

Alors, tout soudain, et d'un pas résolu, elle va jusqu'à la fenêtre, l'ouvre grand et d'une voix rauque hurle :

– Qu'elle meure ! Je vous prie, dieux de mes montagnes, accablez-la ! Kakasbos, ô toi le cavalier terrible, de ta massue écrase son corps impur. Sarruma, ô fils de l'Orage, fais tomber sur elle des éclairs déchirants. Je veux sa mort, j'exige sa mort, ô dieux de mon enfance, et lavez par son sang l'honneur de toute ma famille. Qu'elle brûle, la criminelle, qu'elle brûle, l'ennemie du mariage, au milieu du théâtre !

Sa colère lui a fait oublier Rome. Ce sont les divinités ancestrales d'Anatolie qui lui sont montées aux lèvres pour maudire sa fille, pour prononcer contre elle de furieux anathèmes.

Et tout Konya alors épouse sa fureur.

*

Le gouverneur, hébété, subit de son côté une deuxième clameur. Une meute hurlante est venue cogner à sa porte pour demander justice. On lui parle d'une vierge respectable devenue en un soir une putain, et des turpitudes de Paul. Cestilius est sonné, il ne comprend plus rien. Ce ne sont plus quatre pères de famille respectables qui demandent des comptes, mais une foule en colère. Sa villégiature prend l'eau. Dans sa tête il se recommande : donner des gages, donner des assurances, donner des garanties, se montrer ferme, s'afficher du côté de l'ordre et de la vertu. Faire le Romain.

Alors solennellement, après avoir demandé le silence, il exige de faire passer au tribunal le couple épouvantable et déclare qu'il le jugera tout à l'heure. La salle des jugements est à deux pas. La masse bruyante des maris outrés et des veuves curieuses s'y précipite. Ils sont bientôt rejoints par quelques chrétiens tremblants de voir leur idole menacée, par quelques colons oisifs, par quelques Juifs hostiles aux provocations de Paul, qui n'ont cessé de se répéter semaine après semaine.

Cestilius, en attendant, rumine et fait les cent pas.

Le prétoire est comble. Le gouverneur a revêtu la toge de justice. Il demande à chaque accusé de reconnaître les faits et de les expliquer. On prend aussi le témoignage du gardien de prison à présent totalement dégrisé.

Puis le verdict tombe : Paul endurera des bras du licteur cinquante coups de bâton et devra quitter la ville avant le coucher du soleil. Théoklïa sera brûlée le lendemain à dix heures. Elle garde les yeux fixés sur Paul, s'accroche à son regard. Lui marmonne, alternativement baisse la tête ou lève les yeux au ciel. La condamnation de Théoklïa peut paraître lourde – est-il seulement permis de condamner au supplice du feu une jeune femme de si bonne famille ! Mais il faut tenir compte des malédictions de la mère, qu'on a rapportées au gouverneur, implorant pour sa fille le pire des traitements, et de Théoklïa qui multiplie les provocations contre le mariage – tout en regardant Paul pour lui montrer de quoi elle est capable et combien, ô combien elle a retenu la leçon de Yeshoua !

L'annonce des coups de bâton indiffère Paul. Mais la condamnation de Théoklïa le bouleverse. D'une part, il se sent vaguement responsable. Mais le pire, peut-être, c'est ce petit contentement au creux de l'âme, une petite satisfaction comme de se dire : une martyre, une première martyre – ça va vite, c'est bien, une sainte, quoi, et il faudra propager son histoire ! Il commence déjà dans sa tête à lui faire une place dans ses discours. Et puis il y a aussi, plus sourd, quelque chose au fond de son cœur comme un « bon débarras »... L'élan de la vierge, sa frénésie, son enthousiasme, son énergie, c'est comme s'il s'était trouvé un peu dépassé, relégué au second plan par cette concurrence de feu.

Le temps avance, c'est maintenant le soir. Paul quitte la ville le dos rompu et en serrant les dents. C'est autre chose que les trente-neuf coups de fouet des prêtres juifs à Antioche. Là, ils ont frappé très fort. Barnabé et Onésime lui tiennent le bras. Ils partent rejoindre, à quelques kilomètres de là, un tombeau familial ouvert qui leur servira de refuge pour dormir, se réparer un peu.

*

Théoklïa est seule. Sa mère l'a reniée, son père est mort depuis longtemps. Paul a été chassé. Elle ne mange pas, elle veut juste se souvenir de ce que Paul la nuit dernière lui enseignait sur les deux voies, les deux chemins. Elle se dit : « C'était quand même de l'aventure comme je n'avais encore jamais eue. Mais c'est arrivé si vite, et ça finit déjà. » C'est un peu flou, c'est vague encore, ce « mourir demain » alors qu'elle sent son cœur battre, qu'elle s'entend respirer. Son ventre est chaud quand elle met les mains dessus.

Elle est prise de tremblements, elle transpire, tout tourne en boucle : ces gens dans le jardin, les bijoux vendus, la nuit en prison, le procès. Et la mort, ça veut dire quoi mourir ? Mais que disait Paul ? Que la mort, c'est la vie ? Changer de corps, il en existe de lumière des corps, ce n'est jamais un problème d'impasses mais de passerelles, disait-il pendant la nuit. Il s'agit de passer, repasser, trépasser, dépasser, transpasser. En bref elle *croit*. Non, plutôt elle met tous ses efforts pour croire. Elle brûle de croire. Elle en tremble de croire, elle voudrait, et jusqu'à quel point est-ce que croire ce n'est pas toujours vouloir croire ? Elle imagine la scène du lendemain : elle se voit lancer à sa mère un dernier regard fier ; elle reconnaît sur les gradins Paul masqué, grimé, revenu encapuchonné, risquant tout pour vérifier sa constance à elle. Et elle, bien sûr, en souriant, elle pénétrera dans les flammes, dans ces longues langues d'ange qui lui caresseront la peau. Il y aura tant de monde, mais elle l'a reconnu lui, lui, Paul, avorton et élu.

Elle s'endort seule dans sa cellule. Demain elle sera brûlée.

Tableau 12

Le supplice de Théoklïa à Konya

Elle a dormi, Théoklïa. Aux premières secondes de son réveil, elle s'étonne de ne pas reconnaître les murs de sa chambre, et puis tout revient : Paul, le jardin, Yeshoua, la prison, sa mère et son procès. Elle frissonne, elle accepte de ses gardiens un peu d'eau, une pomme.

Qu'ai-je fait, pense-t-elle, où suis-je, où est ma chambre, où ma vie ennuyeuse et douce ? Puis elle se met à genoux et balbutie : *Ton arton hêmôn ton épiousion dos hêmin sêmeron* – « Notre pain, le suressentiel, donne-le-nous chaque jour ». Chaque jour... Mais quel suressentiel pain lui sera donné aujourd'hui, quel pain qui supporte les flammes sans noircir ? Elle se rappelle les mots de Paul dans le jardin : tout attendre, tout prendre, tout recevoir avec la confiance de l'enfant. Se donnera-t-elle au brasier comme elle se jetait à douze ans dans les bras de son père depuis le muret du jardin ? Elle sent bien, juste en dessous de la peur qui fait battre son cœur à tout rompre, au creux de son ventre, perler des flocons de neige chaude. C'est mon pain, dit-elle, les miettes de mon pain du jour, mon pain du 18 août 47. Ses jambes tremblent.

Quand on la fait sortir, le soleil frappe déjà les murs, il illumine l'herbe rase et jaune des plateaux d'Anatolie. « Ô mon soleil, murmure-t-elle en lui donnant son visage, je sais qu'en ce moment tu fais danser les ombres dans ma petite chambre. »

À la porte de la prison, une dizaine de haineuses, une douzaine de frustrés attendent : tous ceux qui cherchent dans le spectacle des souffrances d'autrui le soulagement des leurs. Ce groupe fera le chemin, il grossira. Au centre du théâtre romain, on a installé le bûcher tôt le matin. On a trouvé du bois bien sec. C'était facile, on est en plein été.

Théoklïa a les poignets liés. Deux gardes, armés d'une courte épée attachée à leur ceinture de cuir, la guident, chacun la tenant par un bras tandis qu'un troisième les précède en agitant devant lui une lance épaisse et longue pour faire de la place. La foule est méchante. Railleries, maudissements, insultes. Les hommes surtout ricanent et crient de mauvaises blagues. Les femmes crachent. Théoklïa est vêtue d'une tunique ocre, claire et légère, qu'on lui arrachera tout à l'heure – un pagne seulement alors recouvrira ses hanches. Elle comprend mal les cris proférés et s'étonne des insultes. Cette fois elle a peur. Elle essaie de retrouver des mots de la prière, mais on la presse d'avancer. *Elthetô hê basileia sou* – « Que vienne ton règne ». C'est ça ? Mais où, son règne ? Elle veut se sentir vivre : « Le Dieu de Paul me regarde, il est là. Je me souviens, Paul, tu m'as raconté Yeshoua remontant la rue du Golgotha la croix sur les épaules à Jérusalem, cerné par les cris et par les anathèmes. Comme aujourd'hui : inspirant leur haine, expirant son amour. » Ses jambes flanchent. Les deux affidés la tiennent, la maintiennent, l'entraînent. Elle est tellement légère, ses pieds ne touchent presque pas terre. Ils ont le regard dur. Elle flotte. Sa minceur frêle est presque dérangeante. On avance. Espérer, se dit-elle, la joie viendra ? Le ciel se couvre de nuages gris. En plein mois d'août, c'est rare, ça arrive pourtant, c'est vrai, mais là tout de même ils sont épais. Le temps de le constater, et déjà du gris ils sont passés au noir.

Barnabé prie, à des kilomètres, dans le tombeau ouvert, les yeux fermés. Paul, non loin de là, fait les cent pas, en maugréant récite, ou plutôt, non, il gronde, il glapit des morceaux de Psaumes : « Encore combien de temps vas-tu m'oublier, combien de temps encore me cacheras-tu ton visage. » Il a un air furieux, un peu fou, ses sourcils lui font au-dessus des yeux une barre sombre et noire. Tout autour, les enfants d'Onésime jouent avec des cailloux, des bouts de bois, à l'ombre. On entend leurs voix aiguës comme des épines de cactus plantées dans le ventre du silence de midi, perçantes.

Le théâtre est plein, on fait passer la vierge par l'entrée des officiels. Demi-cercle de gradins et scène centrale : c'est une construction romaine. Elle reconnaît quelques visages. Elle ne voit pas sa mère. Ni Paul. Ou alors trop bien dissimulé ? Comment pourrait-il ne pas être là ? « Où es-tu, Paul ? Paul, ma confiance, mon abandon, ma vie, mon message, mon élan ? » Au centre, on a disposé des dizaines de fagots de bois sec. Ils sont surmontés d'une petite estrade au centre de laquelle se dresse le pilier pour ligoter les condamnés. Les nuages cette fois sont franchement noirs.

Paul, Barnabé et Onésime ont cessé de prier, les enfants arrêté de jouer. Il fait chaud, on boit l'eau des sources, on mange du pain trempé d'huile et des lentilles sèches.

Un édile prononce la sanction en grec, en latin, en galate. La foule exulte, on hurle : « À mort, la putain », « Qu'elle crève, la traînée », « Brûlez l'infâme ! » À cet instant, les nuages sont devenus plus noirs que noirs, étincelants de noir au point que tous jettent vers le ciel des regards inquiets, au point qu'on dirait la nuit en plein midi, au point que le monde en frissonne. L'édile prononce la formule rituelle, coupe de son couteau d'argent les liens entravant les poignets de la vierge, coupe le lacet vert qui lui retient les cheveux. Il se recule un peu, prend une inspiration et d'un geste violent en partant de l'épaule déchire la tunique qui tombe à terre comme un tapis très mou. Seul lui reste autour des reins un pagne. Elle recouvre de ses mains sa poitrine. Elle baisse la tête. Ses longs cheveux se répandent sur ses épaules, elle frémit. Son corps nu fait sur le ciel de nuit une tache si blanche. Elle a froid, il est presque midi à Konya. Les nuages sont noirs et la lumière est grise. Au loin, les trois montagnes sont devenues trois masses d'un violet très sombre.

À ce moment, elle prend la posture de l'orante. Elle porte soudainement les mains au ciel, paumes ouvertes, gardant les coudes légèrement arqués, découvrant ses seins, exposant au ciel son visage. Les cris haineux et mauvais de la foule redoublent, le noir du ciel est devenu transparent. Puis elle monte seule la petite échelle de bois. Le bourreau ne lui a pas pris le bras, il pleure. Ses deux grosses épaules tressautent sous les larmes. Il fait son métier pourtant : il monte après elle ; il l'attache ; il vérifie la solidité des liens. Là elle crie quelque chose. Juste après son cri trois formidables coups de tonnerre retentissent – pas trois détonations simples, non : trois crépitements démesurés, interminables devant une foule soudain pétrifiée de terreur. Théoklïa sur la petite estrade laisse couler aussi sur sa joue quelques larmes. Personne ne sait si c'est la peur, la folie ou la foi.

– Tiens, il fait presque froid, dit Paul, quelle est cette bourrasque glacée ?

Le soleil est aveuglant. Le ciel au-dessus de leurs têtes est aussi net qu'un coquillage poli par la mer. Mais un souffle très frais tournoie autour des tombes. Barnabé se couvre les épaules de ses bras et dit :

– Reposons-nous maintenant.

Le bourreau à Konya redescend de l'estrade. Il arrache des mains de son aide tout tremblant la torche flamboyante. Il la plante rageusement dans le ventre des fagots de genévrier secs. Une flamme vive surgit, crachote un peu. Et c'est bientôt le chant du feu sous le ciel trop noir, un chant continu, doux et énorme, un craquement symphonique. Les flammes montent vite, la fumée se voit blanche sur le ciel sombre. Théoklïa garde la tête droite. Elle a les yeux fermés et ses lèvres remuent.

C'est alors que retentit le coup de tonnerre le plus fort qu'on ait jamais imaginé – le quatrième donc. La foule en hurle d'effroi et aussitôt sur le théâtre se déverse un monstrueux déluge. Des trombes d'eau, une pluie glacée et drue, une marée impitoyable. Impossible de rester plus longtemps, la foule détale en mouvement d'émeute. Les gouttes sont grosses au point de griffer les visages. C'est bientôt un galimatias de corps trempés. On voit à peine à trois mètres. L'averse agite la poussière. Aussitôt tombées, les milliards de gouttes remontent en fumée.

La pluie a raison du feu, elle a raison des cordes, elle a raison de la foule et du supplice. Il ne reste bientôt plus dans le théâtre déserté que le bourreau assis sur le premier gradin, qui lève la tête comme s'il buvait la pluie. Et Théoklïa bien sûr, les mains libres, tout ayant été défait par la pluie et le vent. Elle se fraye un chemin dans les branchages épars. Elle reprend à terre la tunique déchirée pour s'en couvrir un peu les épaules et les seins, retourne chez elle en évitant les flaques.

Souriante, elle marche dans les rues. La pluie tombe, et en cascade dans sa tête : rentrer, se sécher, se changer, prendre des bijoux, encore plein de bijoux – tous les bracelets d'argent, tous les colliers de pierres vertes et bleues, toutes les boucles en or et tous les diadèmes – pour les vendre, vivre, partir, rejoindre Paul. Les rues sont vides, les averses ruissellent. Son corps court et danse. La pluie s'arrête au moment où elle passe la porte de la maison. Elle monte les escaliers, se précipite, dépasse l'alcôve qui donne accès à sa chambre.

La mère est là.

Elle est restée terrée chez elle tout le matin, n'ayant pas eu le courage de se rendre à ce spectacle qu'elle a rageusement appelé de ses vœux, et même exigé, « en mère digne » ! Elle est restée seule à la maison, hagarde, à attendre – sans savoir quoi exactement.

Elle est montée dans la petite chambre. Des images ont afflué. Théoklïa à cinq ans : ses boucles, le sourire ravageur, la rondeur parfaite des joues, la couleur bleu clair du rire, son petit corps abandonné quand elle dormait contre elle – elle le sentait, ça lui faisait comme un pain chaud et blond sur le flanc droit. Théoklïa à sept ans, Théoklïa à douze ans… Tout revient par paquets d'images et de senteurs, les fantômes dansent autour d'elle. Elle se dit à un certain moment : « Tiens, il pleut fort et ce froid quand même… Un 18 août… »

Le bruit des pas soudain la fait se retourner. Elle voit sa fille qu'elle croit morte ! Elle demeure les yeux écarquillés, pousse un cri de frayeur et s'évanouit, chutant sur le grand tapis vert. Théoklïa tapote un peu les joues, entend la respiration lourde. Elle hésite, appelle mollement : « Maman, maman, maman. »

Mais déjà Théoklïa vit ailleurs. Cet évanouissement l'arrange évidemment, cet étourdissement, cette syncope juste là, maintenant… La mère vit, respire. Qu'elle dorme, c'est mieux. Théoklïa gagne sa chambre et, face au miroir, les yeux brillants, se regarde. Elle se regarde rire à pleines joues et secoue ses cheveux trempés de pluie. Qui est-elle, qui est cette effrontée, cette chrétienne, cette impossible, cette improbable ?

Combien de temps reste-t-elle, Théoklïa, à se regarder rire ? Son cœur est un marteau qui cogne et ses seins se soulèvent. Elle s'empare de ses longs ciseaux. Un ultime sourire et elle enfonce le fer dans la forêt de ses cheveux. Elle coupe, coupe, coupe avec jubilation. Elle coupe ses beaux et longs cheveux. Elle décapite la fierté de sa mère – sa mère qui le matin peignait les cheveux de sa fille en l'inondant de projets de mariage. De longues mèches châtaines, rousses, acajou tombent sur les faïences sombres. Elle sait qu'il n'est pas possible pour elle de partir seule, alors elle va se déguiser en homme.

– Ô ce visage tout neuf, qui es-tu ?

« Ni homme ni femme », avait dit Paul dans le jardin. « C'est juste moi Théoklïa aux cheveux courts, ma beauté pleinement indécise. » Pas de différences dans le baptême, disait-il. En regardant sa beauté sans sexe, cela lui provoque un grand rire : le rire de Théoklïa, le rire des ruisseaux dégringolant du Taurus en été.

– Moi je veux être baptisée, dit-elle.

Le soleil est revenu. Il sèche les flaques, il fait oublier les orages. La mère est toujours évanouie sur le grand tapis vert. Elle ronfle paisiblement. Tout est calme. Elle dort. Théoklïa se prépare à partir. Partir vers, comment disait-il ? La fin des temps, le recommencement des mondes, la catastrophe.

– Et pourtant tout est là, sauf mes cheveux sur ma tête !

Ils sont épars sur les faïences romaines, ses beaux cheveux. Théoklïa trouve et enfile une tunique d'homme, légère et sombre. Elle serre une ceinture de corde bleue autour de sa taille. Elle attrape un sac de cuir qu'elle remplit de colliers et de bagues, de bracelets et de boucles. Elle trouve un chapeau à large bord comme les pèlerins en portent et l'enfonce jusqu'aux yeux. Elle enjambe sa mère. Elle prend ses renseignements dans la maison d'Onésime, celle dans le jardin de laquelle Paul parlait. L'intendant lui indique où les chrétiens se cachent.

Elle marche, légère. Elle quitte Konya, sa ville. Elle quitte sa mère. Ses cheveux désormais dans la grande maison volent. La mère se réveillera au milieu des cheveux. Théoklïa marche vite. Tout est trempé autour et goutte, goutte encore. Le soleil est splendide.

En arrivant aux tombeaux, elle a les joues rouges. Couleur d'orange sanguine.

Tableau 13

Théoklïa rejoint les deux apôtres

Est-il possible de trouver des mots pour dire leur surprise à tous quand elle relève la tête, retire son chapeau et montre son visage, son sourire de triomphe ? Ce coup de cymbales dans leur tête, cette explosion d'étoiles. Seul pourtant Barnabé crie – un cri rauque, presque une plainte. Il se précipite, lui prend le visage à pleines mains, s'agenouille en clamant : « Tu es grand, ô mon Maître, accomplisseur de merveilles. » *Poiôn thaumasia*, répète-t-il genoux à terre, hurlant la parole du Psaume.

Paul a le souffle coupé et c'est comme si une épine lui entrait dans le cœur. Ce visage aussi, ce visage, son visage… Elle a les cheveux courts, à qui ressemble-t-elle désormais ? Pourquoi cette beauté lui fait-elle violence ? Comme la bourrasque dans les couloirs qui fait se fracasser contre les murs les chaises des souvenirs. D'où vient cette beauté ? Une beauté pour lui de derrière sa mémoire. Paul est tout à fait blême quand elle lui tend les mains. Elle explique en riant, elle explique en pleurant le brasier et l'orage, les trombes d'eau et la déroute, le vent et la défaite. Et eux tout étonnés répondent : mais ce matin chez nous le ciel est resté bleu.

Eux, c'est Barnabé et Onésime. Paul demeure bouche bée, les yeux vides. Et ça commence à se voir, son émotion. Alors il se lève, il marche, il s'éloigne, il respire, il revient.

Il faut décider de la suite. Impossible de rester dans les parages, le danger est trop grand. Dès demain les autorités provoqueront la recherche de la condamnée. Barnabé propose de faire avec Théoklïa le chemin pour Antioche, de retourner avec elle là-bas, de la confier à Samuel qui la gardera au secret pendant quelques semaines, le temps d'oublier l'orage, de tromper les regards. On fera le chemin la nuit. À deux, c'est trop risqué – une fille si jeune, même les cheveux coupés… La nuit sera plus sûre. La voie romaine sous la lune au mois d'août est parfaitement visible. De son côté, Paul rejoindra Lystra, qui n'est qu'à une journée de marche, et continuera là-bas le travail des Églises.

Théoklïa trépigne, Théoklïa montre sa colère. Non, ce qu'elle veut, c'est accompagner Paul, faire avec lui la vie de missionnaire. Elle veut annoncer avec lui, convaincre avec lui. Elle veut surtout se faire baptiser par lui au plus vite. Après ce qu'elle a vécu, c'est une évidence et on trouve des rivières partout par ici. Et à quoi rime d'aller se cacher dans une maison d'Antioche ?

Paul ne dit rien et se tient à l'écart. Il ne peut pas la regarder. Il ne peut pas regarder ce visage, fixer ces yeux où une énergie tremble qui le déborde – pas l'énergie de la souffrance, pas l'énergie contre l'adversité, pas l'énergie du cœur, non : l'énergie du ventre, de la vie, des entrailles. Il ne peut pas la regarder – trop peur de son désir à elle, de sa puissance à elle, de son visage à elle, de son ventre à elle, de sa virginité à elle. Enfin « elle »… Paul ne sait plus. Et c'est lui qui disait « ni homme ni femme » dans les jardins de Konya ! C'est inconscient, c'est vrai, de marcher seule quand on est une femme, périlleux, impossible. Elle devait se couper les cheveux. Mais est-ce ainsi que les anges brouillent les frontières ?

Barnabé lui rappelle qu'elle a été condamnée à Konya par le proconsul. Il faut que tout s'apaise et qu'on oublie l'affaire. Elle résiste. On fait des promesses, on s'engage :

– Laissons passer quatre lunes pleines, disons trois en comptant celle de cette nuit. Et tu nous rejoins à Lystra à condition de ne pas voyager seule.

– Mais pourquoi ce n'est pas Paul qui m'accompagne ?

Paul regarde ailleurs.

– Non, ce sera moi, décide Barnabé.

On mange en silence. Les enfants s'endorment vite. On fait la prière et chacun succombe au sommeil. On est en altitude. Le ciel est étoilé au point que ce sont plutôt des taches noires sur une incandescence, plus accentuées encore à proximité de la lune grosse comme une femme prête à accoucher.

*

Et là Barnabé cette nuit fait un rêve.

C'est la pleine lune, la scène se déroule dans un théâtre à l'antique posé au milieu de nulle part – une sorte de plaine pelée. La lune fournit à la scène sa seule lumière blanche. On distingue, sur la gauche du tableau, une rangée de sept cyprès noirs alignés. Une procession, composée du même nombre de femmes, pénètre alors dans l'arène. Elles portent toutes la tunique laticlave d'homme – les deux bandes rouges ont sous la lune une couleur de sang. Elles sont toutes enceintes, leurs ventres forment une boule parfaite faisant écho à la rondeur de la lune. Leurs cheveux sont coupés court, elles marchent lentement en psalmodiant Matêr Theou eleêson *– « Mère de Dieu prends pitié de nous » – et portent contre leur ventre un seau en* *noyer noir rempli d'eau. Leur marche est régulière, la lune miroite à la surface des liquides, formant quelques vaguelettes luminescentes.*

Il n'y a pas de spectateurs. Les gradins sont vides mais sur la scène centrale, au fond, se tient un groupe d'hommes à genoux. Ils sont vêtus de haillons gris, crasseux. Ils sont glabres. Ils ont la tête rasée, baissée. Ils sont silencieux. Sur un petit monticule, comme pour présider l'étrange cérémonie, se tient Théoklïa, à gauche des hommes. Bientôt les prêtresses s'arrêtent, posent leur seau devant elles, face à eux, se mettent en position d'orantes et déclament sur un ton de prière :

Il n'y a que les mères pour vous protéger
Il n'y a que les épouses pour vous consoler
Il n'y a que les sœurs pour vous guider
Il n'y a que les femmes pour vous aimer
Femmes femmes femmes
Parce que nous avons la puissance d'enfanter
Nous sommes trois fois saintes
Nous sommes mères de Dieu
Nos ventres sont le tabernacle du monde.

Elles passent lentement parmi les hommes, déversant sur leur cou un peu d'eau et cela fait comme une danse, ces passages et ces épanchements. Les hommes ne bougent pas, ne relèvent pas la tête. Ils pleurent.

On voit tressauter leurs nuques. Puis, reformant une rangée unie, les officiantes se tournent vers Théoklïa et chantent longuement Khaïré nymphè anympheutè *– « Réjouis-toi épouse inépousée ».*

Théoklïa a un ventre plus large. On y voit distinctement, à la lumière de la lune, des reliefs étranges : un festival de pieds tout petits, de minuscules coudes. Elle ne quitte jamais des yeux ses célébrantes, elle murmure en se frottant le ventre : « Mes trois petits Paul, mes trois petits Paul. »

Le chant cesse. Théoklïa éclate de rire. À ce moment précis – on entend toujours les roulements sonores du rire – tout devient noir, c'est comme si la lune s'était éteinte.

Barnabé se réveille en sueur et en tremblant. On est quelques heures avant l'aube. Il est tout frissonnant, ses jambes lui font mal, il ne se rendort pas, il retourne cent fois son rêve dans sa tête.

Tableau 14

Le chemin d'Antioche

Au tout petit matin, à l'heure violette qui fait frémir les herbes et les bêtes, à l'heure bleue de la clarté sans soleil encore, Barnabé secoue Paul, l'entraîne un peu loin pour lui dire :

– Paul, j'ai rêvé, j'ai eu un rêve fort, mais fort comme un message. Oui, c'est un message et maintenant j'ai peur.

– Peur de quoi ?

Il désigne Théoklïa.

– De cette femme, de cette fille, de cette vierge. C'est une magicienne. Le diable l'aura envoyée pour ruiner la mission d'Anatolie, empêcher notre Annonce, je crois.

– Tu blasphèmes, Barnabé. Dieu la protège. Est-ce que ce ne sont pas des signes que…

– J'ai peur, je te dis que j'ai peur !

– C'était quoi, ce rêve ?

– C'était étrange. Elle dirigeait je crois un baptême

d'hommes à la pleine lune, accompagnée de prêtresses aux cheveux courts. Elle était enceinte de trois enfants, qu'elle appelait ses petits Paul.

Paul sourit un peu, puis soupire en se passant une main dans la barbe, l'autre dans les cheveux.

Barnabé continue :

– Elle va dévaster notre entreprise, Paul. Elle ravagera nos moissons. Ces trombes d'eau sur un brasier, ce n'est pas la main du démon, peut-être ? Et dire qu'elle a passé une nuit à dormir en te tenant les pieds…

– Tu exagères, Barnabé. Nous avons dû passer hier un jour trop anxieux. Il t'aura échauffé l'âme, sans compter la surprise des cheveux courts. Et puis c'était un soir de pleine lune. Qui te dit que tu comprends correctement ton rêve ? C'est toi plutôt qui risques de tout compromettre si elle nous est envoyée par notre Maître. Et puis que veux-tu faire ? La faire repartir chez sa mère, vraiment ? Conduis-la à Samuel, comme on a dit, elle l'aidera un peu à Antioche. Et moi je continuerai vers l'est.

Le silence est long, Paul n'a pas osé dire qu'elle lui fait peur aussi. Mais une magicienne, non, bien sûr que non. Ce qui fait peur plutôt, c'est la beauté sans sexe du visage ; ce qui fait peur, c'est cette jeunesse ; ce qui fait peur, c'est sa force, sa puissance, son désir et son ventre. Il aime l'idée de laisser Barnabé faire le chemin avec elle. Il préfère fuir, il se sent un peu lâche. Il se demande quel Psaume pourrait aider, il ne trouve pas, il prie, prie en silence, dans son cœur. Pour se calmer il invoque Yeshoua : *Aide-moi, aime-moi.*

– Alors promets-moi une chose, promets-moi une seule chose, Paul : ne la baptisons pas, attendons pour la baptiser au moins deux pleines lunes. Décidons par serment, ensemble, de ne pas la baptiser avant.

– Promis, Barnabé, c'est promis, répond Paul.

Ils s'en font le serment.

Bientôt Onésime, Théoklïa, les enfants se réveillent. On prie, on grignote des galettes et des pommes. On passe à la source remplir les gourdes de cuir. Théoklïa garde un air buté et triste.

Et là, évidemment… On n'imagine pas une séparation de Paul et de Théoklïa qui mettrait fin à l'histoire : au moment de se mettre en route, Barnabé est pris de tremblements dans les jambes. Il tente de se lever, Théoklïa est là devant lui, qui le regarde avec un air fermé. Est-ce un effet en retour de son rêve ? Littéralement, il ne tient pas debout.

Personne ne comprend, on le presse d'égards. Il murmure : « Elles ne me portent plus », tout en fermant les yeux. On attend, on attend un peu, on attend longtemps. Personne ne parle et soudain Barnabé décide :

– Va, Paul, pars avec elle. C'est moi qui vais aller à Lystra, je me mettrai en route quand mes jambes le voudront. Accompagne-la, reviens-moi vite et tiens notre promesse.

Théoklïa sourit.

*

Ils attendent le soir pour emprunter l'immense voie romaine. Le temps est sec et les nuits claires. Ils ne croiseront personne. Sauf, une fin de soirée, une caravane pressée, à contre-marche – et c'est à peine si on saluera les deux pèlerins sur la voie Sébaste. Théoklïa, revêtue de sa tunique d'homme, baissera la tête.

Ils cheminent la nuit, se parlant à peine, chuchotant l'essentiel. Leurs sandales résonnent sur les pavés romains, c'est comme un grésillement. Ils vont vite. Elle aime rire, elle aspire le vent des plateaux comme la terre d'août boit la pluie. Paul n'a gardé dans sa besace qu'une lettre de Chypre, des fruits secs et du pain d'orge. On s'arrête aux sources et pour la première fois peut-être – effet de la nuit ou de la vigilance – il marche la tête haute, il regarde vers là-bas. Les ventres énormes des montagnes les enveloppent. Devant eux, la voie Sébaste est un serpent d'argent. Le jour, ils trouvent pour se dissimuler un creux de rocher, un bouquet d'arbres. Il sermonne un peu, elle pose des questions qui le font rire. Elle rit aussi et ils se pelotonnent pour dormir en se tournant le dos

– jusqu'au début du soir où ils reprennent la route. Ce bonheur, venant de lui, du monde, ça le surprend. Que ce soit possible. Il a toujours eu du mal avec les plaisirs simples. Mangeant vite et ne paressant jamais. Ces nuits à marcher avec elle, le visage que lui fait la lumière blanche. Les reflets sur les pierres, l'étrange effet de l'herbe sous la lune, l'évidence affolante du chemin et les brises légères auront été dans sa vie sa part d'ivresse. S'en souvenir plus tard lui donnera la sensation d'une épine d'éternité fichée dans la croûte du temps. Il en hurlera de douleur.

Tableau 15

Théoklïa insulte Alexandre

L'arrivée à Antioche de Pisidie est une catastrophe, rien ne se passe comme prévu.

Ils pensaient ne croiser personne en franchissant tôt la porte du nord. La maison de Samuel en est proche.

– On sera vite en sécurité, répétait Paul.

Ils sont partis au tout début de la nuit pour arriver à la petite aube. Mais les obstacles se sont accumulés : un gros bout de sentier éboulé dans la descente les a ralentis, une lune voilée pour la première fois les a contraints à avancer lentement. Et puis Théoklïa traînassait, elle n'aimait pas l'idée de la fin du voyage avec lui.

Quand ils parviennent aux portes d'Antioche, le soleil est déjà haut. Sur la place d'Auguste, située au débouché du portique, se tient Alexandre.

Alexandre de Pisidie est le fils aîné d'exploitants richissimes de la ville – un père anatolien de souche, une mère égyptienne. Il entend dans sa ville occuper les charges les plus hautes, ce qu'a bien compris le proconsul d'Antioche, qui l'a fait entrer dans son premier cercle. Il est jeune, beau d'une beauté gâchée par la conscience qu'il en a : il avance le menton et affiche un sourire entendu. Il porte sur ses joues et dans les yeux cet éclat sans bavure des vingtenaires satisfaits qui font les trentenaires insipides. Et il est là, ce matin du 29 août 47, pour démasquer Théoklïa.

Alexandre n'aime rien tant qu'arpenter les rues d'Antioche suivi d'une escouade – pour « régler des problèmes », comme il dit. Il se veut, il se sent le garant de l'ordre dès qu'il franchit le seuil de sa maison, habillé à la romaine, la toge pourpre sur une épaule, une couronne de laurier sur la tête – elle s'est banalisée en Anatolie à en vomir pour signaler n'importe quelle distinction mineure. Alexandre aime prendre des initiatives, il parle fort. Ce matin-là il effectue une sortie afin de superviser sur la place l'organisation d'un sacrifice à Auguste devant se tenir dans la soirée. Voyant entrer furtivement, depuis le coin de la place où il se trouve, deux étrangers dont on devine bien, à leur pas pressé, qu'ils espèrent se faire oublier, il les interpelle. Les deux silhouettes se figent.

– Va me les chercher ! ordonne Alexandre au factionnaire, qui aussitôt file dans leur direction, leur intimant l'ordre de le suivre.

Arrivés tête basse, face au jeune homme très fier, ils l'entendent demander :

– Qui êtes-vous ?

– Deux pèlerins juifs, répond Paul. Envoyés par Jérusalem pour faire le tour des synagogues de Lycaonie et de Pisidie, faire collecte de fonds pour le Temple. Nous sommes sur le chemin du retour. Nous repartons demain.

– Mais découvrez-vous, enfin, et puis retirez ce manteau, il ne fait pas si froid.

Sa voix est claire, tyrannique. Il a quatre gardes armés avec lui. Paul et Théoklïa lèvent la tête, rejettent la capuche en arrière, défont la fibule de leur manteau.

Alexandre éclate de rire. Des pèlerins bien sûr, la bonne histoire, tiens donc, un trafiquant plutôt, oui, voyageant incognito avec sa putain pour agrémenter ses nuits, et même pourquoi pas la vendre un peu sur les chemins ! Ah, il les connaît bien, ces brigands grecs, ces hâbleurs des côtes. Il les a tellement fréquentés. Et la fille a beau avoir les cheveux courts, elle ne trompe personne. Ou plutôt si, quand même, le visage est d'une beauté incertaine, ça en devient presque troublant ce mélange. Mais enfin, une fois le manteau retiré, les deux seins pointent parfaitement sous la tunique. Qu'elle se redresse, la demoiselle, qu'elle lève un peu le menton, qu'on voie son joli visage ! Fais voir ces lèvres, cette taille !

Paul demeure interdit, immobile. Il veut rester prudent : à peine trois mois auparavant, il était chassé de la ville. Les yeux verts de Théoklïa étincellent de colère, plantés comme deux lames dans ceux d'Alexandre. Son corps est tendu comme la corde de l'arc. Alexandre, trop habitué à se savoir tout permis, poursuit avec morgue, s'adressant cette fois directement à Paul :

– Eh bien alors, tu vas me la prêter, ta putain, car elle est diablement jolie, tu me la prêtes ? dit-il en posant ses deux mains sur les hanches de la catin présumée.

Paul a une phrase qu'il ne s'explique pas, qu'il ne s'expliquera jamais. Il dit, ou plutôt non, il s'entend lui dire :

– Je ne connais pas cette femme.

Mais pourquoi ? Peur de nouveaux ennuis ? Mais Paul raffole des épreuves ! Peur de retarder encore la mission ? Peut-être. Peur de souiller son image, peur de ternir sa réputation ? Impossible. Ou bien veut-il vraiment s'en dissocier, s'en séparer, s'en défaire, la retrancher, la dénouer, s'en départir ? Mais comment cette phrase a-t-elle pu lui venir après ces longues marches heureuses dans la nuit ? Il l'a prononcée pourtant, cette phrase, très vite et très haut : *ouk oïda tên gunaïkan !* « Je ne connais pas cette femme ».

– Tiens donc ! raille Alexandre, d'un ton éberlué et ravi. Répète un peu, tu ne la connais pas ?

Alexandre remonte ses mains jusqu'aux épaules de Théoklïa, en frôlant sa poitrine. Paul ne répète pas la phrase, elle lui colle à la langue, elle lui pèse comme une enclume. Il prie dans son cœur. Ses lèvres bougent, il garde maintenant les yeux fermés. D'où lui est-elle venue, cette phrase ? Une saillie du démon parce que Théoklïa représente la chance de Paul ? Une excitation du Messie parce que Théoklïa représente la perte de Paul ? Un souvenir de Barnabé parce que Théoklïa représente le danger de Paul ? Ou une mauvaise revanche contre celle qui après tout lui a fait le corps léger pendant dix jours au moins ?

Théoklïa fixe Paul, les yeux écarquillés et les lèvres tremblantes. Est-ce que c'est la phrase de Paul, ou encore les allusions graveleuses et les mains de l'autre, mais elle laisse monter en elle la vague de rage, elle laisse la colère prendre feu. Révoltée, outrée par le mensonge de Paul, écœurée, dégoûtée par les gestes d'Alexandre, soudain, elle s'arrache brutalement à la prise du jeune homme avec une fureur qui fait sauter l'épingle d'or en forme d'abeille retenant la toge pourpre, qui finit à terre. Puis elle lui assène une gifle magistrale. La couronne de laurier tombe à son tour.

– Ne me touche pas, crie-t-elle, je ne t'appartiens pas ! Je ne suis l'esclave que de mon Dieu ! Tu ne sais pas qui je suis, tu ne connais pas mon nom, tu ne connais pas mon père, tu ne connais pas mon Dieu ! Ne me touche pas !

Il se fait un silence de mort. Alexandre est blême, la toge et le laurier gisent là, à ses pieds, poussiéreux. Personne autour n'ose bouger. Il dit simplement, la voix blanche : « Emmenez-les. »

Paul et Théoklïa se retrouvent très vite, mains liées, devant le proconsul d'Antioche.

Tableau 16

Présentation de la reine Thyphèna

À quelques rues de là, une mère pleure et s'ennuie.

Thyphèna[1], de famille royale, cousine de l'empereur Claude, est revenue depuis quelques années à Antioche après s'être fâchée avec ses trois garçons, ne gardant auprès d'elle que sa fille. Elle s'était mariée autrefois avec un roitelet de Thrace qui l'a maltraitée. Elle lui a donné son nom, elle lui a donné son corps. Il s'est vengé de sa médiocrité à lui en se complaisant dans la grossièreté, la bêtise et la brutalité, en éduquant ses fils à la virilité fruste, en ignorant sa propre fille. Il mangeait abominablement. Fier de sa goujaterie, il laissait couler le jus de viande dans sa barbe. Il éructait sans cesse, s'émerveillait de ses rots, jurait. Il a fini par mourir dans une bagarre stupide.

La reine en a pleuré, de soulagement. Elle a partagé entre ses trois fils son royaume, se trouvant trop fati-

1. Ou Tryphèna.

guée pour régner. Ils ont accepté, le temps du deuil, qu'elle passe de l'un à l'autre pour conseiller, aviser. Mais ils ont décidé après quatre mois qu'une femme ne pouvait rien comprendre à la politique. Alors la reine s'est retirée, avec sa fille, sur sa terre de Pisidie, à Antioche où elle avait encore un palais et un peu de famille.

Les hommes la dégoûtaient. Elle avait fini par tout détester d'eux. Comme ils prenaient leur plaisir du corps des femmes, avec leurs têtes d'abrutis, leurs airs de prédateurs, prélevant leur jouissance par des caresses obscènes, des triturations trop furieuses ou trop molles. Comme ils riaient en s'emportant la gueule. Comme ils jouaient entre eux à l'amitié brutale avec des signes univoques, attendus, débiles, rances.

Elle ne respirait plus que de son amour pour sa fille.

Or, la petite venait d'être emportée par le mal des plateaux qui lui a pris la poitrine. Personne n'a rien pu faire. Les médecins et les prêtres ont été impuissants. La petite, un soir, est morte en suffoquant. Le drame est survenu quatre semaines plus tôt. Et depuis, Thyphèna pleure. La reine Thyphèna, la cousine de l'empereur Claude, pleure dans son grand palais vide.

Tableau 17

Enquête du proconsul d'Antioche, suivie de son jugement

Le proconsul d'Antioche aime les angles droits, les nuques inclinées, les rues propres, la déférence. Face à lui, Alexandre, son protégé, ne décolère pas. Il trépigne, parle vite. Il hurle en désignant un jeune homme aux traits fins, ou si c'est une fille on ne comprend rien. En tout cas il veut sa mort.

Derrière lui, en retrait, les mains entravées aussi, se tient un petit homme râblé, aux cheveux rouges et baissant obstinément la tête.

Le proconsul demande qu'on lui explique les choses calmement.

Alexandre exige la mise à mort d'une traînée qui vient de le gifler, de l'insulter publiquement sur la place d'Auguste, près de la porte nord. Quatre témoins – les gardes qui l'accompagnaient – peuvent l'attester. Le gouverneur se tourne vers l'accusée.

Elle répond qu'on ne peut se laisser traiter impunément de putain alors qu'on est issue d'une des plus grandes familles d'Anatolie.

Et l'autre là, derrière, que dit-il ?

L'autre se tait, il serre contre lui la lettre du gouverneur de Chypre et se demande si le proconsul se rendra compte qu'il est le Juif qui a été chassé, il y a plus d'un mois maintenant, pour incitation au chaos public.

Le proconsul aime les avenues soignées et les célébrations d'Auguste. Il hésite.

D'un côté, il a besoin de la famille d'Alexandre pour financer dans sa ville romaine la construction d'une nouvelle allée, à la perpendiculaire de la première – les tailleurs de marbre et les sculpteurs ont déjà reçu les commandes et commencé à travailler. De l'autre, la fille prétend descendre d'une illustre famille.

Alors il temporise en acceptant l'idée d'une punition exemplaire, mais plus tard – et entre-temps il dépêchera des émissaires à Konya pour prendre des renseignements sur la fille. Et puis l'autre clandestin, là, il l'enverra en prison. Provisoirement. Après tout il était avec elle, on décidera plus tard. C'est à peine s'il s'est enquis de son identité, c'est la fille qui l'inquiète.

En attendant d'avoir des renseignements précis sur elle, et sachant désert le palais de la reine Thyphèna, il fait demander si elle pourrait, pour les besoins de la justice, recueillir une jeune femme – et si la fille, comme elle le prétend, est de très bonne famille, il n'aura pas commis d'impair.

*

La reine reçoit l'émissaire du proconsul en début de soirée. Elle hésite, se demandant si elle peut augmenter le poids de son chagrin par le malheur des autres. Puis elle dit oui, lassée de solitude. Elle reçoit Théoklïa, devine sa bonne éducation derrière les habits poussiéreux du voyage et sous les cheveux drôlement coupés. Elle lui fait prendre un bain, lui fournit des parfums, des onguents et lui fait mettre les robes de sa fille. La reine est dévastée par la mort de son enfant, Théoklïa meurtrie par la détestation de sa mère. L'une a follement besoin de se sentir aimée par une mère, et l'autre d'aimer une enfant. Chacune se jette avidement sur la demande de l'autre.

La première nuit, la reine écoute l'histoire de Théoklïa. Elle frémit au portrait de la mère. Elle s'étonne de cette nouvelle religion juive. Elle s'emporte contre l'indécence d'Alexandre. Elle s'indigne de la lâcheté de Paul. La deuxième nuit, Théoklïa confond ses larmes avec celles de la reine en l'entendant parler de son enfant perdue. L'amour de cette mère lui fait sur le cœur un effet de soleil.

*

Une dizaine de jours plus tard, le proconsul reçoit des nouvelles de Konya. Une longue lettre de Cestilius explique : la famille de Théoklïa ne désire rien d'autre que sa mort pour laver son honneur et son nom ; on parle d'une première condamnation dont elle a réchappé à la faveur d'un cataclysme climatique ; on parle de sa fuite honteuse déguisée en homme pour rejoindre un Juif fanatique ; on parle d'un vol de bijoux… Le gouverneur d'Antioche sur ces bases juge qu'il peut satisfaire à la demande de condamnation d'Alexandre. On se passera même d'un procès : on ne juge pas les putains, on les exécute. Quant à Paul, c'est toujours la même histoire : son statut de citoyen romain le protège. On le maintiendra en prison, à la dure, avant de le chasser, en assortissant ce nouvel exil de menaces sévères pour prévenir tout retour.

Tableau 18

Des veuves
face au proconsul d'Antioche

La reine ne peut plus laisser celle qu'elle appelle désormais son « autre fille » mourir. Et elle connaît du monde. Elle rassemble autour d'elle un groupe de veuves – les femmes mariées ont trop peur pour oser soutenir celle que leurs maris appellent le soir, en déchirant de leurs dents sales les viandes d'agneau rôties, « la putain de Konya ».

On discute, on s'embrasse, on pleure, on rassemble son courage, on décide d'aller voir le gouverneur, qui reçoit, tout surpris, une assemblée de femmes. Il s'adresse à la reine :

– Pour quelle raison, madame, cette visite ? Auriez-vous à vous plaindre de votre détenue ?

– Au contraire nous sommes là, monsieur, pour la défendre.

– La défendre ? Expliquez-vous.

– La défendre, l'innocenter, nous porter garantes, l'arracher aux griffes de votre autorité.

– Mes griffes, madame ? Je ne connais que le trident de la justice. Mais la fille vous aura gavée de balivernes. Elle aura séduit votre cœur maternel, elle aura fait vibrer quelques cordes. Cette sensibilité vous honore, mais apprenez ce que, moi, je sais de certain. Car j'ai fait enquêter à Konya. Apprenez qu'elle est sortie de chez elle une nuit en soudoyant son gardien. Apprenez que ce fut pour aller rejoindre un homme dans une cellule de prison. Apprenez qu'elle a marché une bonne semaine déguisée en homme sur les routes après s'être coupé les cheveux. Apprenez qu'elle a publiquement giflé un notable de notre ville. Celle que vous dites victime, son vrai nom c'est « infâme ».

– Monsieur, je connais son histoire, vous la racontez mal. Elle s'est retrouvée seule aux pieds d'un prisonnier pour fuir la haine de sa mère. Elle s'est rendue auprès de l'inspiré pour y prendre des leçons de pureté.

– Et puis quoi encore, des leçons de vertu aussi peut-être ? Madame, pensez-y, elle était fiancée, elle a passé la nuit seule avec un homme !

– Pour accomplir sa virginité.

– Sa virginité ? Arrêtez donc. Leçons de perversion, oui, leçons de permissivité, de déroute, de désordre ! Ah, je les connais, les leçons des chrétiens. Je peux vous dire que nous les surveillons ici : virginité, bien sûr, et pauvreté tant qu'on y est ! Vous ignorez tout des dangers de cette secte nouvelle. Ils refusent le mariage et la propriété. Ils veulent abattre les piliers du monde. Ils ne croient qu'à la fin des temps, à la débauche généralisée.

– Auriez-vous donc des lois à Rome pour empêcher les femmes de refuser de livrer aux hommes leur corps et toute leur existence ?

– Oui, madame, on appelle cela l'obligation du mariage.

– C'est l'autre nom pour l'esclavage.

– Eh bien moi, comme fonctionnaire romain, je suis nommé pour faire respecter la famille, le travail, l'esclavage et la propriété. Je suis là pour assurer la solidité du monde. Et n'oubliez pas qu'elle a giflé un fils d'une honorable famille. Vous mesurez l'affront ?

– Moi, j'entends parler d'un mufle qui en pleine rue se permet de caresser une jeune fille comme on le ferait avec une prostituée dans un lit.

– Et comment voulez-vous traiter une fille qui se coupe les cheveux, quitte ses habits de femme pour voyager avec un homme qui n'est pas son mari ?

– Vous voulez dire une fille d'une des plus grandes familles de Konya, détestée par sa mère, refusant d'être enfermée et qui trouve son salut dans la virginité !

– Non, je veux dire une putain que sa mère nous demande de punir pour laver son honneur !

Les autres femmes s'en mêlent. Le ton monte. Le proconsul les traite de folles. Il ordonne qu'on les fasse sortir et aussitôt après prononce, autoritairement, comme s'il y allait de la sécurité publique, contre Théoklïa, la condamnation à mort. Pour outrage et prostitution publique. C'est un homme de décision, comme il aime le dire lui-même.

*

L'accusée refusant de présenter publiquement ses excuses à l'offensé, c'est à ce dernier que revient, selon la coutume anatolienne, la décision de la peine.

– Elle sera dévorée par les fauves, lance Alexandre après réflexion.

Il a réfléchi. Il se délecte à l'avance de l'image de la vierge broyée sous les crocs des lions, déchiquetée, dilacérée en mille morceaux de chair sous le ciel bleu d'Anatolie. L'ivoire de sa peau tachée de sang l'excite.

Le proconsul d'Antioche maintient Paul en prison, le temps que les choses se calment. Paul trouve que décidément sa mission prend une étrange tournure. Par Samuel, il fait prévenir Barnabé à Lystra qu'il aura du retard.

Antioche, au Ier siècle, compte à l'est de la ville une réserve clôturée où des prêtres eunuques nourrissent des félins pour le culte local de Matar, la déesse anatolienne, la grande déesse-mère, l'origine du monde. Les Phrygiens connaissaient Cybèle, les Romains ont leur *Magna mater*. Ici, en Anatolie, c'est Matar. Elle est la plus ancienne, on l'appelle la « maîtresse des fauves ». Elle fait naître, elle fait grandir, elle fait mûrir les épis ; elle tend la peau des seins des femmes, elle fait gonfler les désirs et les ventres. Elle protège les moissons et les grossesses. Au moment de sa célébration, on fait tirer par des lions des chars portant son effigie – mais d'autres fauves aussi. Dans la réserve on trouve ainsi des léopards d'Anatolie bien sûr et des lions de Syrie. À l'occasion, en prenant soin de les affamer un peu, on prête au tribunal ces félins pour faire dévorer publiquement, au cœur d'une fosse aménagée au sud de la ville, les assassins endurcis, les voleurs d'enfants et les profanateurs. On réserve ce châtiment à ces crimes, mais Alexandre a décidé de l'infliger à celle qui a osé se rebeller contre sa grossièreté.

L'exécution est fixée au lendemain.

Tableau 19

Dans la fosse aux lions

Le matin du 2 octobre, les rues menant à la fosse située juste derrière la porte sud de la ville sont bondées. Tout le monde veut être aux premières places. La foule se presse vers le parapet circulaire et fait bientôt un boucan formidable. Ça parle fort, ça rit et ça s'excite. On va bientôt voir déshabiller la vierge, on va bientôt la voir nue se faire déchirer le ventre par ces fauves dont on peut admirer, là-bas, les flancs creux. Le soleil est encore cajoleur à cette heure. Les cris d'enfants s'entendent sur fond de grosses voix d'hommes. La foule est énorme autour de la fosse.

Théoklïa est extraite un peu plus tard, car on veut que le trajet soit sans tumulte. La vierge, encadrée par deux gardes, marche sous un soleil au zénith et dans des rues désormais vides. Juste derrière elle, ils sont quatre : Alexandre ; le proconsul ; le juge qui prononcera la sentence ; le gardien des fauves, grand, maigre, eunuque vêtu de blanc.

Un petit groupe de veuves, formé par la reine, les attend à mi-parcours. Elles ont passé la nuit à prier. Se tenant à petite distance, elles suivent le quatuor des officiels en psalmodiant : « Honte sur vous », « Gloire à la vierge ».

L'arrivée de la condamnée est saluée par des cris. Les enfants en courant font la ronde.

Le silence se fait. On entend un chant d'oiseau, on entend le bourdonnement des mouches, on entend le frémissement du vent dans les feuilles. Une courte estrade surmonte le muret juste à l'endroit où l'échelle descend jusqu'au sable de la fosse. En bas, mais de l'autre côté, trois fauves sont allongés : un lion, une lionne et un léopard d'Anatolie, tous tenus par des chaînes. Depuis les parapets on peut voir leurs griffes énormes sortir quand ils s'étirent en grognant. La lionne est à crinière comme il en naît parfois – on parle d'un collier très haut de poils, avec de longues franges. Les trois bêtes ignorent la foule. On devine de petites bassines en céramique contenant de l'eau rance, bercée et transie de soleil. On l'avait laissée là pour désaltérer les fauves qui paraissent dormir, léthargiques, accrochés au sommeil.

Le gouverneur, debout sur l'estrade, prend la parole. Il s'éclaircit la voix et prononce la sentence de mort « pour atteinte à un fonctionnaire et prostitution publique ». Il renouvelle à la condamnée la demande d'excuses publiques, précisant qu'une réponse positive pourrait adoucir sa mort. Théoklïa répond :

– Les crocs des fauves qui se refermeront en claquant sur mon ventre me seront moins douloureux que ces mots que vous me demandez de dire. Je ne souillerai pas mes lèvres.

La parole est acclamée par le groupe des veuves, qui crie plus fort encore : « Honte » et : « Gloire à la vierge ». Le gouverneur hurle : « Silence ! » Et de nouveau on entend le bourdonnement des mouches et le vent dans les feuilles. L'eunuque, grand prêtre de Matar, gardien des fauves, descend dans l'arène, de grosses clés pendant à sa ceinture. Les fauves se trouvent à l'autre bout du périmètre. Une fois en bas, l'eunuque demeure au pied de l'échelle. Le gouverneur fait monter Théoklïa sur la petite estrade, et, comme cela s'est fait à Konya, déchire d'un seul grand geste vif la tunique de la vierge. Car la chair nue, dit-on, excite l'appétit des félins.

L'eunuque se dirige alors doucement vers les fauves. Ils connaissent leur soigneur, ils miaulent et frottent leurs larges têtes contre ses genoux maigres. Prononçant dans une langue mystérieuse des formules, il détache ses bêtes puis revient vers l'échelle, se retourne une dernière fois dans leur direction. Il émet alors un très long sifflement et remonte jusqu'au bord du parapet. On fait descendre Théoklïa, qui n'a plus qu'un pagne autour des hanches. On enlève l'échelle. Le temps se suspend une troisième fois.

Commence alors une étrange valse. Car il ne faut pas penser qu'aussitôt les trois fauves se précipitent pour dévorer la proie offerte à leur appétit aiguisé. Ils commencent d'abord par se mettre debout sur leurs pattes, lentement. Ils s'étirent longuement comme sortant d'une immense torpeur, hument l'air, puis poussent de puissants grognements. La foule frissonne. Théoklïa, tremblante, croise les bras sur ses épaules, crie quelque chose et s'immobilise tout à fait. Les trois fauves se tournent un peu autour, leurs grognements sont de plus en plus agressifs, comme pour décupler leur fureur.

La lionne demeure en retrait. Le lion roux et le léopard tacheté paraissent d'abord se défier, comme par jeu. Puis, de loin, ils dirigent vers Théoklïa leurs museaux palpitants. Enfin, d'une foulée tranquille, ensemble, ils empruntent le chemin de la vierge. Ils s'avancent. Elle tremble. Il leur reste quelques mètres à parcourir. Ils montrent, en rugissant cette fois vers elle, d'effroyables crocs.

Soudain la lionne à crinière en trois bonds double les deux mâles. Théoklïa pousse un cri en voyant la lionne fondre ainsi sur elle. Mais la lionne s'arrête net, s'enroule langoureusement autour de ses jambes et lui lèche les pieds, tout en levant vers elle sa tête et ses yeux couleur jade, miaulant, comme si elle quémandait une caresse.

Les deux mâles ralentissent et grondent contre la lionne, qui bientôt se pose en rempart.

Alors le combat commence. Ce sont des assauts discontinus. Pendant quelques secondes, on ne comprend plus rien. On entrevoit des bonds furieux, les corps tordus et virevoltants, on entend des rugissements terribles, des couinements glaçants. Des touffes de pelage voltigent dans la poussière, ce sont des élans forcenés. On aperçoit des griffes qui s'enfoncent, qui lacèrent. On voit des gueules se refermer et maintenir leur proie. Et puis plus rien. Comme par l'effet d'une cymbale que seules les bêtes auraient entendue, tout s'arrête, chacun des fauves se remet sur ses pattes, regarde ailleurs, respire lourdement. Et puis, mais sur quel invisible signe, le combat reprend. Les rugissements à nouveau, et les sauts saccadés des corps dans la poussière. Une autre pause. À chaque arrêt du combat, on voit le pelage des fauves couvert de stries toujours plus sanguinolentes, leurs gueules plus rouges.

La lionne est la proie des deux autres, elle se débat follement. Enfin elle parvient, par des bonds fantastiques qui laissent les deux mâles étourdis, à se retrouver à la verticale de chacun des deux cous. Elle déchire alors d'un seul grand coup de dents les veines jugulaires. Et ce sont bientôt deux bouillonnements de sang, deux carcasses inertes dans la fosse.

Puis le silence. Juste la respiration lourde de la lionne. La foule reste muette aussi. Doucement, toute chancelante, elle trottine jusqu'à Théoklïa, lui présente sa tête rougie de sang en poussant de longs miaulements. Théoklïa s'agenouille, lisse doucement la crinière de la lionne, dépose sur ses paupières de longs baisers et la bête expire dans ses bras.

Juste au-dessus, le groupe des veuves entame alors la complainte que les mères, dans les veillées funèbres, chantent pour leurs enfants morts :

Dors mon enfant, maman est là
Tes yeux sont clos et ton ventre immobile
mais tu as le visage de mon bébé
Dors mon enfant, maman est là
Ton corps est froid et ta bouche fermée
mais tu as le visage de mon bébé
Dors mon enfant, dors, maman est là
Ta main est dure et ta peau livide
mais ton visage est celui de mon bébé
Dors mon enfant, dors, maman est là.

Bientôt toutes les femmes reprennent la mélopée. Les hommes pleurent. Théoklïa baise toujours la tête de la lionne. Et soudain on entend, plus puissant que le chant des femmes, un cri très long et très perçant. C'est l'eunuque qui hurle la mort de sa lionne. De sa horde elle était la bête la plus sacrée. En sanglotant, il est descendu dans la fosse, il s'est agenouillé près d'elle, a pris lui aussi sa tête dans ses mains, et maintenant, la nuque renversée, il lance au ciel bleu clair d'automne une plainte aiguë dessinant, au-dessus des voix des femmes, une ligne tremblante.

Alexandre est mortifié, le proconsul ébranlé, la reine émerveillée. C'est fini.

Tableau 20

Troisième condamnation de Théoklïa et départ de Paul pour Lystra

Alexandre avait imaginé voir le corps de la jeune fille valser d'une gueule à l'autre. Il est humilié de constater que celle qui l'avait insulté publiquement a été sauvée par la lionne à crinière. Il repart vite, à petits pas rapides dans les rues d'Antioche. Une fois éloigné, il ralentit et marmonne.

Il comprend son erreur : mais oui, bien sûr, avoir confié aux fauves de Cybèle le soin de trouer le ventre d'une fille en puissance d'enfanter, c'était naïf, c'était déraisonnable, c'était imbécile ! Il avait juste fantasmé sur des crocs s'enfonçant dans la chair, sur des rugissements spectaculaires, sur des membres sanguinolents. Mais enfin, en y repensant il a toujours trouvé à ces félins quelque chose d'un peu trop féminin. Il mesure sa méprise. C'est aux servants de Sobek, aux crocodiles du dieu des marécages qu'il aurait fallu exposer Théoklïa ! La grand-mère d'Alexandre était égyptienne. Il a passé son enfance et son adolescence dans le Fayoum, où Sobek était vénéré plus qu'ailleurs. Il a gardé le souvenir des cérémonies : les chants, les flambeaux et la crainte sacrée.

Sobek, c'est le dieu mâle, le dieu qui distribue la vie et la mort, le dieu surgi des marécages, le dieu des forces explosives, le dieu sans pitié et sans âge, dévoreur d'enfants. Alexandre admire ces monstres des marais dont il a toujours aimé la laideur sans concession, les yeux qui dépassent de l'eau comme des fleurs vénéneuses et glauques. Il aime leurs mâchoires énormes, le maquis broussailleux de leurs dents et surtout ces mouvements démesurément lents précédant la brusquerie folle des attaques définitives. « Eux ne me trahiront pas », se dit-il. N'en a-t-il pas trois à disposition, particulièrement voraces, venus tout droit d'Égypte ? Oui bien sûr, c'est cela : elle sera engloutie par les trois crocodiles…

Le lendemain, il en parle au gouverneur, qui soupire encore. Quelle étrange idée quand même !

– C'est compliqué, la fosse ne contient pas de bassin, objecte-t-il.

– J'en ferai creuser un entièrement à mes frais, cela ne prendra guère qu'une petite semaine, promet Alexandre.

Le proconsul sait que la famille est riche. Il pense à cette allée nouvelle qu'elle a promis de financer et qui placera le temple d'Auguste au carrefour de quatre avenues bordées par un défilé de colonnes. Il rêve encore aux angles droits, aux nouveaux portiques, à la blancheur du marbre. Il accepte.

Après l'annonce de cet autre supplice pour la semaine suivante, une agitation s'empare de la ville. Deux camps se forment. Le camp des hommes d'abord – maris, fiancés, veufs –, tous ceux qui ont décidé que la fille, en plus d'être une putain, était une magicienne. Trop d'éléments sont là qui le démontrent : la vitesse avec laquelle elle est devenue l'intime de la reine (ensorcelée ?) et puis cette beauté que lui font ses cheveux courts. On raconte même que ladite vierge a fait confectionner en secret un baume à partir d'une combinaison savante d'herbes des montagnes, d'huile et de formules secrètes. Elle se serait passé le baume au bas du corps la veille du supplice en priant la *Magna mater*. C'est ce qui a attiré la lionne ! D'ailleurs, c'est après lui avoir léché les pieds qu'elle a pu mater les deux mâles… Comment comprendre autrement qu'une lionne puisse triompher d'un lion et d'un léopard ?

Les femmes, de leur côté, discutent passionnément. Théoklïa est la victime des hommes, de leur cruauté lâche, de leurs vices sans fond. C'est parce qu'elle s'est révoltée contre l'impudicité d'Alexandre qu'elle a été condamnée ! Elles forment de petits comités dans la ville pour échanger leurs rages. Elles prennent le parti d'adorer ce Yeshoua dont Théoklïa raconte qu'il a fait de la fragilité une arme, de la faiblesse une provocation, de la pauvreté une force, de la virginité une victoire. Le palais de Thyphèna devient le centre de réunions enflammées, interminables, où les femmes se racontent leurs histoires, transforment leurs hontes en colère. On prie pour la princesse morte. Des chrétiennes d'Antioche racontent comment le Dieu d'Israël a envoyé son Fils pour faire savoir qu'il ouvrait ses bras, son secours, son salut à tous les déshérités, aux éternels perdants. Un Fils sublime de bonté impuissante, un enfant qui humilie la force. Elles racontent aussi que, dans les douleurs de sa mère, toutes les femmes peuvent trouver la couleur, la mesure, la consolation, l'approfondissement, le dépassement de leurs souffrances. Les amies de la reine se font alors baptiser par dizaines dans la rivière Anthios qui, tout près d'Antioche, part se jeter dans le lac de Prostanna. C'est à Antioche de Pisidie, dans ces années-là, que se bâtissent les premières Églises de femmes.

Seule Theoklïa, qui ne veut recevoir que de Paul le sceau de l'existence nouvelle, demeure imbaptisée. Mais elle est le cœur de ces réunions. Elle les anime, elle raconte la crucifixion et la résurrection, elle explique la chair, la Loi, l'adhérence au Messie et l'amour sans mesure. Elle enseigne les prières.

Elle a écrit à Paul une lettre pour lui demander de

lui accorder enfin et vite ce baptême promis pour la prochaine lune.

Paul, je t'écris. J'ai été sauvée, mais tu le sais sans doute, par la lionne à crinière comment te dire, et elle m'a protégée dans la fosse des deux autres fauves mâles aux râles profonds qui voulaient me trouer la chair. Eh bien sache qu'à ce moment et pour la première fois, parce que la reine toute la semaine m'a couvée, la reine m'a appris à coucher dans son lit moi je ne voulais plus dormir seule aussi et elle m'a caressé le front les joues, eh bien apprends-le Paul, moi descendue dans la fosse en bas de l'échelle j'ai crié quatre fois « maman », je me suis souvenue de ce que tu disais sous la lune et sur la voie romaine, ce que tu racontais de la mère de Yeshoua, celle qui mit Dieu au monde, tu l'appelais Myriam, alors oui, j'ai prié Myriam, j'ai dit, répété : « protège-moi, Myriam, protège ta fille, parce que tu couves tous les enfants du monde », et pendant que je priais les yeux fermés Myriam alors j'ai senti sur mes pieds le museau chaud, humide, j'ai senti la langue épaisse de la lionne.

Elle m'a défendue jusqu'à en mourir des deux mâles. Tout s'est passé comme je te dis. Paul je te demande, je te redemande je te redemande Paul le baptême, au plus vite l'immersion mais pourquoi ne me l'as-tu pas déjà concédée pourquoi, pourquoi me refuser à moi l'entrée dans ton Église, pourquoi me laisser à la porte, sur le seuil comme je suis restée sur la porte de l'amour de ma mère, en dehors, et là semblablement je reste l'étrangère d'autant que je dois me protéger de cette nouvelle mort qu'ont inventée pour moi les hommes. Voilà désormais qu'ils veulent me faire engloutir par trois monstres des marécages, imagine Paul des crocodiles ! Sais-tu seulement à quel dieu ils se rattachent ? Un dieu égyptien des marécages, le dieu des fanges comme les vices des hommes ! Est-ce que tu connais seulement leurs mâchoires, as-tu vu comme ils peuvent engloutir un agneau en une seule fois je te dis bien en une seule fois ? Le crocodile ne se sert de ses dents que pour tenir sa proie il ne mâche jamais il avale il aspire dans son ventre il engloutit. Je veux le baptême et tu dois m'enfanter Paul, me mettre au monde m'extraire toi de ton ventre dans le Messie je me souviens de ce qu'au jardin tu disais, que baptiser c'était mettre au monde, faire mourir et naître, faire mourir à la chair et faire renaître au souffle tu disais si bien, alors accouche-moi au plus vite, que ma peau soit lustrée et tu me verras surmonter la haine des hommes et après Paul, si je survis je te suivrai car je veux je veux le baptême aussi pour te suivre, t'accompagner, t'appuyer, te compléter et lever avec toi les peuples des persécutées. Car tu es un meneur d'hommes. Yeshoua ne t'a pas choisi pour témoigner mais pour conduire, faire de toi un second

Moïse car c'est toi le pasteur qui sollicites le grand troupeau des hommes. Et les brebis viendront à toi. Ils viendront à toi les déshérités, les moins-que-rien car tu leur fais sentir qu'ils sont le miel du monde Paul. Tu soulèves les peuples, tu ensemences les foules. Démiurge Paul toi qui façonnes les peuples comme un potier, tu pétris la terre humaine et sais-tu moi je sens, ou plutôt non mon ventre sent ces choses il sent les fécondants, les ensemenceurs et je veux te suivre, t'accompagner, te compléter avec ma virginité comme guide. Parce que tu m'as dit qu'elle n'était pas sécheresse, bois mort, mais promesse, étoile qui point au nord, mon ventre plein de ta promesse sera ta boussole Paul. Dans le jardin j'ai compris et tu l'as répété : « ni maître ni esclave ». « Ni maître ni esclave » et tu ajoutais : « ni homme ni femme ». « Ni homme ni femme », mon immersion accomplira ma virginité comme tu disais accomplir l'interdit par l'amour. Toutes les mères aimantes, toutes les femmes au large ventre te suivront. Paul il faut lever les peuples. Je lèverai pour toi le peuple des femmes, nous sommes faites femmes et vierges par le baptême. Plonge ma tête dans l'eau au plus vite, s'il te plaît.

*

Paul au fond de sa prison reçoit cette demande. Il sait que le prochain supplice se prépare, on lui a raconté le creusement du bassin pour l'eau et il commence à considérer qu'il pourrait, parce qu'il y a urgence, briser la promesse faite à Barnabé d'attendre la lune suivante. Il demande à la voir. Mais le proconsul a mis de sérieuses limites. Il interdit toute rencontre. Et Paul, étrangement, se trouve presque soulagé par ce refus.

Il faut dire aussi qu'à Antioche on s'est persuadé que ces deux-là versent dans la magie. Leurs retrouvailles pourraient favoriser la préparation de prodiges, alors... Un brasier éteint par des trombes venues de nulle part, une lionne seule terrassant un lion et un léopard, tout ça ne tient-il pas de la magie ? Ces chrétiens-là, cette secte nouvelle, n'est-ce pas tout simplement une école de magie ? Interdit donc de se voir. Et mieux encore, on décide de faire partir Paul la veille du supplice, en se disant que si magie il y a, elle sera moins efficace à distance.

La veille donc, on confie Paul, les mains entravées de chaînes, à une caravane en partance pour Lystra.

– Et qu'il ne soit désentravé que parvenu à destination ! précise le gouverneur.

Il demeurera des jours à dos de mulet sans parler à personne. Muet, mangeant selon la Loi, faisant les trois prières juives, et plusieurs fois par jour le *Patêr hêmôn* de Yeshoua.

Théoklïa apprend son départ, il est trop tard.

– Il ne me baptisera pas ! hurle-t-elle dans les couloirs en se tordant les bras.

La reine la serre contre elle.

– Que vais-je devenir maintenant ?

– Tu te baptiseras seule, devant ton Maître, en notre nom à nous, répond-elle.

– Mais qui nous ?

– Nous, moi, elles, toutes les femmes. Tu te baptiseras au nom du peuple des femmes. Et puisque c'est dans l'eau qu'on te fait aller pour mourir, c'est depuis elle que tu nous reviendras vivante.

Tableau 21

Le dernier supplice

Il s'est formé dans la ville deux camps : celui des femmes et celui des hommes.

Le jour du dernier supplice, quand il faut reprendre le chemin de la fosse, les hommes et les femmes – cela ne s'est encore jamais vu – chacune chacun de leur côté inondent en deux crues distinctes les rues d'Antioche de Pisidie. Deux files, deux foules, deux multitudes. Personne ne se croise, personne ne se mêle, et autour de la fosse les hommes et les femmes forment deux groupes sans partage. Les femmes, graves, chantent doucement et les autres, graveleux, apostrophent, insultent, ricanent. En contrebas, dans un bassin aménagé, rempli d'eau, trois crocodiles nagent paisiblement. De fait, on aperçoit seulement trois paires d'yeux, trois paires de narines surnageantes, parfaitement immobiles, faisant en surface quelques scintillements. L'eau clapote sous un soleil voilé, dans une lumière grise.

Le peloton d'exécution est composé des mêmes

dignitaires que la fois précédente, hors le prêtre des fauves. L'arrivée de Théoklïa est saluée du côté des hommes par un tintamarre d'injures, un tumulte d'insultes – on la traite de séductrice, de putain et de magicienne.

Les femmes, en une telle symphonie qu'on peut presque penser à une concertation, d'un même mouvement s'agenouillent au moment où Théoklïa apparaît. Elles lèvent au ciel silencieusement les mains. Puis on entend le murmure doux de leurs prières.

Le proconsul au nom d'Auguste et de la ville répète haut et fort la condamnation à mort. Et aussitôt après, devançant même les ordres, Théoklïa déchire elle-même sa tunique et expose son corps nu au soleil pâle. Cette fois elle a un regard fier et la tête haute. Son geste impose un grand silence. Sans attendre qu'on le lui dise, sans attendre l'ordre des hommes, elle descend l'échelle de noyer. Alors les femmes entonnent un chant de prière, et dans un ciel grisâtre s'élèvent les mots, les phrases que Barnabé avait entendues dans son rêve. Les hommes se taisent, les femmes chantent.

Il n'y a que les mères pour vous protéger
Il n'y a que les épouses pour vous consoler
Il n'y a que les sœurs pour vous guider
Il n'y a que les femmes pour vous aimer
Femmes femmes femmes

Parce que nous avons la puissance d'enfanter
Nous sommes trois fois saintes
Nous sommes mères de Dieu
Nos ventres sont le tabernacle du monde.

Théoklïa avance lentement en direction de l'eau, qui sous le ciel gris apparaît vert sombre et où frémissent toujours les narines, où six yeux globuleux scintillent. Les femmes cessent leur chant, on n'entend plus que le murmure des prières. Les hommes sont paralysés, interdits. Théoklïa n'a besoin de personne. Elle s'avance nue vers l'eau. Elle fait le geste de l'orante. Puis, clamant fort : « C'est maintenant le temps pour me purifier », elle entre dans l'eau, s'immerge lentement, bientôt plonge sa tête.

On raconte, mais on raconte tellement de choses, que les femmes avaient enduit son corps de ce parfum qu'on appelle le nard, dont l'intensité serait insupportable aux carnivores. On le raconte, parce que c'est vrai que l'eau a changé soudainement de couleur. Mais était-ce assez pour provoquer ce court éclair émeraude presque aveuglant que des témoins affirment avoir perçu à la surface du bassin ? La chose certaine, c'est qu'au moment où elle ressort la tête de l'eau, c'est du côté des crocodiles un barouf épouvantable, une précipitation comique, des vagissements pitoyables. Comme si elle brûlait, les trois carnassiers sortent de l'eau avec des mouvements désordonnés, des glapissements d'enfants. Leurs courtes pattes sur le sable s'agitent convulsivement. Ils ouvrent éperdument leurs énormes mâchoires pour exhaler un cri ridicule et strident. Leurs dents étincellent, leurs écailles frénétiquement tremblent. Les femmes en chœur s'exclament :

– Vivante, tu es vivante !

Tous les hommes tombent à genoux de stupeur. Les femmes crient :

– Tu t'es baptisée, tu es baptisée. Gloire, gloire à la Mère !

Le gouverneur reste seul debout, paralysé. Alexandre s'effondre en pleurant.

Tableau 22

Paul et Théoklïa se retrouvent

Théoklïa rejoint Paul à Philomélion. La caravane s'est arrêtée quelques jours, devant attendre un chargement de lin. Paul patiente avant de reprendre la route jusqu'à Lystra pour y retrouver Barnabé. Bien sûr, quand elle apparaît au milieu des tentes et des chevaux, alors que pour la troisième fois il l'a crue morte, que pour la troisième fois il a prié pour son salut, évidemment il en a la berlue. La première question lui vient, sous le coup de la surprise :

– Mais qui t'a sauvée ?

– Qui m'a sauvée ? J'étais cernée par trois monstres qu'on avait affamés. Non, ce ne fut pas un autre cataclysme, ni une seconde lionne.

– Qui t'a sauvée ? Dis-moi !

– Ton Dieu, sa Mère, le Souffle... Ce qui a dessiné sur la fange qu'on m'avait assignée comme tombe un éclair bleu !

– Je ne comprends pas.

– Paul, tu as refusé de me baptiser. Je te l'ai demandé sur la *Via Sebaste*. Je t'ai imploré plusieurs fois, je voulais que tes mains enfoncent dans l'eau mes épaules et que par toi j'accède à ma deuxième vie. Et tu me refusais ce qu'à Konya tu offrais à tous sans compter.

– Tu n'étais pas prête, Théoklïa, tu n'étais pas prête. Souviens-toi de ce que je répétais : toi, tu es belle et notre époque abjecte. Il faut attendre, attendre le bon moment. Mais comme toujours, tu n'en fais qu'à ta tête, tu te précipites. Tu veux tout trop vite, trop fort. Moi, je dois construire notre Église ! Je pose les premières pierres, elles doivent être alignées et solides. Et si j'en dispose une branlante et si j'en choisis une qui ne soit pas ajustée, qui sait si l'édifice ne s'écroulera pas ? Théoklïa, tu seras baptisée, ton temps vient.

– Mais tu n'as pas écouté, Paul, tu n'as pas entendu. Je *suis* baptisée. Je me suis baptisée en pénétrant dans l'eau de mon supplice. Et mon baptême m'a sauvée.

Paul, après un long silence, les yeux affolés, et tandis qu'elle reste debout devant lui fière et provocante, ne peut que répéter :

– Je ne comprends pas.

– Je t'ai parlé d'eau et de lumière. Notre Dieu m'a sauvée en acceptant mon baptême. J'ai récité les formules avant d'entrer dans l'eau boueuse, en y entrant je les ai répétées pendant que six yeux vitreux me fixaient. Derrière moi le peuple des femmes priait. Alors, oui, cela s'est fait.

– Que me racontes-tu là ? Tu t'es baptisée toute seule ?

– Oh non, oh non, je n'étais pas seule ! Et puis, qui d'autre baptise que notre espérance ? J'espérais et toutes les femmes espéraient pour moi.

– Mais même Yeshoua a été baptisé par un autre ! Même lui s'est agenouillé ! Il a baissé la tête, il faut toujours un autre, un autre toujours pour baisser la tête devant lui, montrer l'humilité. Ou bien c'est de la présomption, c'est de l'arrogance, c'est de l'orgueil ! Soulève-toi par les cheveux aussi !

– Mais j'ai baissé la tête, oh oui comme j'ai baissé la tête ! Mais pas comme on me l'avait appris petite fille. Pas pour dire : je ferai ce qu'on me dit de faire ; pas pour me soumettre ; pas pour me faire dicter par un autre ma conduite ; pas pour me faire dicter par un homme mes désirs tout en ayant la rage au ventre et le ressentiment au cœur. Oui, j'ai baissé la tête, mais avec confiance, amour, joie, gratitude comme quand mon père me passait au cou des coquelicots cueillis et tressés en colliers rouges. Pareil, j'ai baissé la tête, heureuse. Je jure que j'étais souriante pendant que j'entrais nue dans la fosse creusée pour que trois crocodiles me déchiquettent, que derrière moi les femmes chantaient, que derrière moi les hommes m'insultaient.

Je récitais les formules, c'est toi qui me les as apprises. Je baissais la tête bien sûr, mais surtout oh je n'étais pas seule : le peuple des femmes m'accompagnait, m'enveloppait de ses prières.

– Mais de qui parles-tu ?

– Je te l'avais écrit, Paul, je te l'avais écrit mais tu dissimules ce que je dis derrière tes récitations. La reine Thyphèna a rassemblé les femmes d'Antioche : les veuves, les épouses fatiguées, les lavandières, les bergères, les prostituées, toutes regroupées, concentrées pendant des semaines autour d'elle, autour de moi, autour des phrases de Yeshoua. Elles se sont précipitées dans sa parole comme des poissons ivres d'eau et moi je leur ai transmis ton enseignement chez elle. Et je leur ai promis de les baptiser en retour si mon baptême me sauvait. Ce serait un signe. Les trois crocodiles affamés, tu ne peux imaginer comme ils sont sortis en hurlant. On raconte que l'eau a changé de couleur. Au lendemain du supplice, nous sommes allées près de la rivière Anthios et j'ai baptisé celles de mes sauveuses qui ne l'étaient pas encore.

– Théoklïa, mais enfin, Théoklïa, arrête-toi ! Qui t'a autorisée à lire les signes, qui t'a autorisée à baptiser ?

– C'est toi, Paul. Toi, par tes retenues, par tes silences, par tes lâchetés.

– Personne ne peut m'accuser de manquer de courage après ce que j'ai enduré, ce que j'endure ici et que j'endurerai encore ! Personne !

– Devant Alexandre, qui a prétendu qu'il ne me connaissait pas ?

– C'était pour t'éprouver.

– M'éprouver ! Est-ce qu'être condamnée à être brûlée vive n'était pas déjà une épreuve suffisante ? Et après avoir été donnée à dévorer aux fauves des montagnes, aux monstres des marais, est-ce que je suis à tes yeux suffisamment éprouvée ? Tu n'as même rien tenté à Antioche pour me baptiser en secret.

– Tu ne comprends pas, Théoklïa. J'ai des responsabilités que tu ne mesures pas. Je construis une Église, je construis des règles, j'édifie un ordre, je désigne des chefs.

Autour d'eux, on a fini de charger le lin. La caravane se prépare à partir. On demande à Paul de remonter sur son mulet. Tout se précipite. Elle parle vite.

– Pierre a été désigné pour lever le peuple des Judéens, toi le peuple des païens. Je lèverai le peuple des femmes, je veux tes deux mains au-dessus de mon front. Maintenant.

Paul est sommé de repartir, les caravaniers le bousculent. Il hésite, on le presse. Il lève ses deux mains entravées au-dessus de sa tête et lui dit :

– Va et enseigne la parole de Dieu.

Est-ce que Paul à ce moment pense : « Après tout ce

n'est pas beaucoup s'engager ; et puis lever le peuple des femmes, c'est un projet en soi assez fou, assez vain, assez futile pour lui laisser l'agiter » ? Ou bien il a peur d'elle et de sa colère.

La caravane s'ébranle. Elle va bientôt bifurquer pour Lystra. Théoklïa a promis à la reine de retourner voir sa mère. Elle prend, accompagnée de son petit groupe de femmes, le chemin de Konya. Elle leur dit :

– Ce sera là, de chez moi, que tout devra partir.

Tableau 23

Paul rejoint Barnabé à Lystra

Paul à Lystra est enfin désentravé, libéré. Il retrouve Barnabé. Il lui raconte Alexandre, il lui raconte la gifle, il lui raconte l'arrestation, il lui raconte les deux supplices d'Antioche. La joie de se retrouver est gâchée par cette histoire d'auto-baptême qui scandalise Barnabé. La joie de se retrouver est contrariée par l'autorisation que Paul dit avoir donnée à Théoklïa d'enseigner la parole, même s'il prend soin d'ajouter : c'est sa consolation, elle a gagné son titre de sainte et de martyre. Mais quoi, c'est Barnabé qui dirige la mission ou un autre ? Paul argumente, rappelle mollement que le sexe dans le Christ s'embrase, se dissout, se fluidifie, que l'essentiel c'est bien de multiplier des Églises. Mais Barnabé rétorque :

– Il est irresponsable de confier à des femmes des missions évangéliques.

Ils se sont retrouvés depuis moins d'une heure, après des mois de séparation, et se disputent déjà. Chacun relance la colère de l'autre.

Le lendemain matin, Paul demande comment vont les choses à Lystra et puis tout reprend.

Tout reprend, les travaux et les jours, sauf qu'à Lystra il n'y a même plus de synagogue et on parle moins grec. La ville a beau être une colonie romaine, elle n'est qu'une grosse bourgade agricole. Les rares colons ont les plus beaux pâturages, les plus vastes champs de céréales, mais ce n'est pas comme à Konya une explosion de verts. Tout est plat et grillé. Une seule petite famille juive pour toute la ville : une grand-mère, une mère et Raphaël, un enfant de douze ans (le père, grec, est mort). Ils ont accueilli Barnabé. Pas de synagogue. Paul et Barnabé ont pour eux le peuple inquiet et doux de ceux qui scrutent la couleur du ciel, de celles qui s'inquiètent de la santé des bêtes.

Mais quelque chose s'est transformé dans la parole de Paul : une détermination plus folle, plus tenace, plus rageuse et plus incontrôlable. La couleur de sa voix a changé : elle est devenue plus sombre, plus râpeuse. Chaque jour, après avoir tissé le matin manteaux et tentes, Paul sillonne les champs où sporadiquement fleurissent les derniers colchiques de l'automne, posant à celle, à celui qu'il rencontre la même question âpre :

– Savez-vous ce qui est arrivé ?

Bien sûr que non et comment savoir quelque chose à Lystra. Alors, en grec, il raconte, ponctuant ici et là son récit de phrases en galate apprises par cœur :

– Depuis dix ans, c'en est fini de cette histoire d'esclaves et de maîtres, d'hommes et de femmes, de Grecs et de Barbares. Ces noms-là sont usés comme des sandales d'ermite, périmés comme un lait de brebis oublié sous un banc.

Il dénonce, en levant les bras, en agitant les mains, la glu des plaisirs, le fardeau des richesses :

– Et quand le ciel se déchirera comme un vieux drap, que tomberont d'outre-ciel des avalanches de grenouilles coassantes, qu'est-ce qui pourra tenir ? Ils les retiendront, tu penses, leurs vases précieux, les riches ? Elles les garderont, les princesses, leurs perles, quand le cataclysme jaillira du ciel comme un spasme dévastateur ? Je peux te dire que devant la fin du monde ta misère sera plus présentable, et tu comprendras qu'elle t'aura servi, ta mouscaille, parce qu'elle t'aura nettoyé l'âme. Relève la tête, c'est pour toi que tout est arrivé.

Quelque chose est arrivé, répétait-il sans cesse. On est à la fin de novembre à Lystra et sa voix a changé. En chacune, en chacun il plante une semence de tonnerre et ça croît prodigieusement vite, et le feu de sa parole fait gonfler le peuple comme le pain dans le four de telle sorte qu'après quatre semaines on ne parle plus que de ça, que de lui, que de Yeshoua. Tout Lystra bruisse de l'Annonce. Ou plutôt non, pas « tout » Lystra : les petits, les indigents, les éprouvés, la fange féconde, la boue d'où toute vie explose. Pour ces malheureux, pour ces nécessiteux, c'est comme de découvrir une lumière au fond de leur misère. Les femmes surtout se rassemblent pour parler et pour rire, les hommes ne baissent plus le front. Leurs dieux anciens n'ont donc été que les exécuteurs de leur obéissance ? Ils s'interrogent et bientôt, à nouveau – mais comment a-t-elle transité depuis Antioche où dans ses rues on l'avait égosillée au mois de juin dernier – à nouveau s'entend la même complainte, la même prière, la même cantilène :

Ô toi l'avorton, ô toi le petit,
ô toi le moins-que-rien
Prends pitié de nous
Tu es le bâton des aveugles, la musique des sourds
Prends pitié de nous
Tu es la richesse des pauvres,
l'espoir des désespérés
Prends pitié de nous
Tu es le nourrisson des infertiles,
la patrie des exilés
Prends pitié de nous
Tu es la santé des incurables, le pain des affamés
Prends pitié de nous
Tu es la mère des orphelins, la grâce des disgraciés
Prends pitié de nous

Tu es la liberté des esclaves, le legs des déshérités
Prends pitié de nous
Ô toi l'avorton, ô toi le petit,
ô toi le moins-que-rien
Tu es le nom des innommables.

Les pouilleux ont un sourire ambigu que les maîtres ne comprennent plus. Et c'en est fini de la résignation, on se dit qu'on a quelque chose à vivre d'urgent et de définitif. Les femmes relèvent le front, les pauvres ont un regard fier.

Barnabé s'inquiète un peu : ça va trop vite. Les baptêmes sont en crue, on immerge des têtes à tour de bras. Il demande à Paul de se calmer, mais rien n'y fait. C'est comme si l'autre attendait la rupture, la cassure et le mur. Il est frénétique, il n'a plus de fatigue, il est une urgence.

À Lystra, les colons romains bientôt s'alarment. Les vieilles familles, au début indulgentes, se demandent aussi si ça ne va pas trop loin. Ça prend des proportions, ces femmes qui raisonnent, ces ouvriers de la terre affamés de futur. Où leur front passif, où leurs yeux résignés ? Et ces airs de revanche qu'on leur voit désormais. Qu'ils changent de religion pourquoi pas, se disait-on d'abord entre notables. Ça doit être une nouvelle folie juive, pas de quoi faire trembler les statues d'Auguste sur la place centrale. Mais maintenant…

On se renseigne. Après tout, Konya n'est qu'à trente kilomètres. Une délégation s'y rend, raconte qu'une nouvelle croyance a pris à Lystra comme un feu de chardons bleus. Thamyre entend ces inquiétudes. Il va voir les délégués, il veut leur expliquer, il est intarissable sur ce qui leur arrive à Lystra. Il parle de magie, de contagion, de charme noir. Il leur prédit l'effondrement, le désordre dans la rue, l'orgie et la révolte.

– Tout brûlera si vous laissez parler et vivre ce prophète de malheur. Il a une complice, une fille d'ici, de Konya. Elle a provoqué chez nous une révolution des femmes il y a quelques semaines. Des épouses ont quitté leur mari, des vierges ont fui leur logis, des veuves ont formé des communautés. Emmenée par elle, une caravane a pris la *Via Sebaste* en direction d'Antioche au nom de Yeshoua et de Myriam, abandonnant les hommes à leurs épaisses larmes et à leurs maisons vides, elles étaient plusieurs dizaines.

Les Lystriens prennent peur : comment faire ? Ils font confiance à Thamyre, car il a la solution : en finir avec le prédicateur. Ce Paul, c'est lui le levier, le levain, le principe. Contre lui il faut monter une expédition punitive, on doit le faire disparaître pour arracher la racine du mal. On fait confiance à Thamyre, on lui demande d'organiser quelque chose.

On est à la fin d'octobre. Il reste encore des pavots

dans les champs de blé coupé. Ils forment de grandes taches rouges. On a décidé de faire mourir Paul.

Thamyre dirige son équipe.

– On va l'attendre à un coin de chemin. On s'y mettra à tous pour lui jeter des pierres. Il n'est pas digne d'un coup d'épée. Son tombeau le tuera. Il agonisera sous un tas de cailloux.

L'idée plaît, on prend du vin, on s'exalte.

Tableau 24

Lapidation de Paul à Lystra

28 octobre 47 à Lystra, fin de matinée. Ils sont une dizaine rassemblés, tous venus de Konya, tous amis de Thamyre. Ils ont amoncelé sur le côté un grand nombre de pierres. Ils guettent Paul sur ce coin de chemin qu'il emprunte chaque jour pour sa quête d'âmes et sa prédication, au sud de Lystra, en direction des pâturages. Il y a assez de pierres pour le faire crever et puis le recouvrir.

Paul ne prend pas peur quand il aperçoit ce groupe de jeunes gens semblant l'attendre, d'ailleurs il leur sourit. Est-ce qu'il a seulement parmi eux reconnu le promis de Théoklïa ?

Thamyre se rue sur lui, le jette à terre, d'autres le maintiennent et les pierres commencent à pleuvoir. Une lapidation en règle. Paul hurle de terreur et de douleur. Son corps crie et se tord sous une pluie de pierres et devient rouge et bleu.

Paul, lui, s'accroche. Il s'accroche à une image, ou

plutôt non, c'est le contraire : une image s'accroche à lui, fichée, plantée, une image lui revient, nette comme un grand ciel d'été : Étienne, Étienne lapidé à la porte nord de Jérusalem.

C'était il y a dix ans, ou davantage encore. Une éternité : quand Paul s'appelait Saül et gardait les manteaux. Les juifs du Sanhédrin les avaient enlevés pour jeter plus fort les pierres sans être gênés par leurs manches. Le gardeur de manteaux criait pour exciter les assassins :

– À mort l'impie ! Qu'il meure, le blasphémateur !

Étienne avait été traîné depuis la synagogue hors de la ville, mais c'était lui, dans le terrain vague, qui s'était mis à genoux. Quand les premières pierres l'avaient atteint, il avait commencé à prier. Il regardait le ciel, il tenait ses bras en croix contre sa poitrine, les mains sur les épaules.

Non, ce n'est pas en Paul une image flottante dans le délire de sa souffrance. C'est précis, il *est* en juin 36 aux portes de Jérusalem et tout en lui remonte : l'odeur de sauge, les cris perçants et le visage d'Étienne : cheveux courts bruns et frisés, yeux noirs, lèvres épaisses, tête ronde.

Étienne, vingt-cinq ans, chrétien, lapidé, premier martyr. Il avait en pleine synagogue prononcé l'imprononçable : les cieux ouverts, le Fils de l'homme à droite. Il avait en plein tribunal traité ses juges d'incirconcis du cœur.

Une pierre plus lourde assomme Paul et tout s'efface.

Paul est maintenant inconscient. Les pierres continuent à pleuvoir. Thamyre un instant se penche, s'agenouille. La tête de Paul lui roule dans les mains comme une outre molle pleine de vin. Il est inerte. Le fiancé se relève, hurle de continuer à jeter des cailloux jusqu'à en recouvrir entièrement le corps. À la fin, cela fait comme un muret effondré de pierres toutes rougies.

Les jeunes gens bientôt partent en se tenant les épaules. On gagne la taverne la plus proche. On a chaud, on a sué, on a soif et on boit.

Le chemin est fréquenté pourtant. La nouvelle de l'attaque est vite connue. Barnabé se précipite, il soulève les pierres jusqu'à se casser les ongles, jusqu'à se déchirer les paumes. Raphaël l'aide comme il peut avec ses petites mains. Une fois le corps découvert, Barnabé porte Paul inanimé sur ses épaules. On le dépose sur la table.

– Il vit encore ! s'exclame la mère de Raphaël.

Il est un filet de vie mince. Mais il faut partir, vite. On ne peut pas rester ici. Thamyre est encore en ville. À l'heure qu'il est, rempli de vin sans doute… Mais il dessoûlera, on lui racontera le tombeau éboulé. Il posera des questions, il doutera de la mort, il fera des recherches. Alors on se décide : on prendra un chariot couvert ; Barnabé le conduira ; à l'arrière, dissimulé, le corps de Paul, et Raphaël aussi pour changer les pansements du blessé et lui donner à boire.

*

Le voyage est long, le chariot progresse lentement. Barnabé ne presse pas ses bêtes. Il a derrière lui le corps cassé de Paul qu'il faut préserver des cahots. Le chemin est pierreux. Jusqu'à Derbé, ce sont des plaines mornes, le sol est triste et plat, à peine relevé par de rares buissons. Au loin, un volcan mort. Une impression de bout du monde, mais il faut fuir, au plus loin fuir. Dix jours jusqu'à Derbé. Paul a la fièvre. Il délire. Il aperçoit un visage grave d'enfant juste au-dessus de lui, il sent sur son front le passage de chiffons humides et sur ses plaies des compresses d'herbes sauvages. Il parle au visage, il délire.

Mais qui es-tu, est-ce toi Étienne ou toi Théoklïa mais qui es-tu, un enfant, c'est bien ça ? Étienne, je vois ta tête exploser, moi je gardais les manteaux et ta tête comme une pastèque déchiquetée, Théoklïa je vois tes cheveux coupés, tes yeux sont devenus si grands : un puits d'eau claire une aspiration tes yeux, un enfant là, ni homme ni femme elle disait ou je disais ni grec ni juif un enfant je me suis trompé il faut faire la mue à l'envers devenir cet enfant, et moi je disais : progresser dans la perfection se défaire des richesses oublier les plaisirs, ce n'est pas exactement ça : c'est revenir au trésor perdu, celui qu'on n'a jamais possédé c'est faire marche arrière désapprendre oublier arracher retrancher en soi l'adulte, regarde comme tu m'aimes Raphaël comme tu me soignes bien je n'ai jamais vu ça, jamais senti de cette manière est-ce toi, Théoklïa ? Les nuits sous la lune et sur la voie romaine comme nous marchions vite les enfants marchent ainsi sur les dalles ça ne faisait pas de poussière nos pas, juste un bruit sec, il faut revenir retourner c'est le vrai effort, on grandit toujours à l'envers vers l'imperfection et le désastre, non le progrès c'est redevenir un vermisseau une chenille, la catastrophe il nous faut une catastrophe inversée, immersion quand je plonge les têtes sous l'eau combien j'en ai plongé mais la catastrophe elle a commencé, pourquoi moi je l'annonce à venir je me trompe elle a déjà commencé je suis dedans je suis la catastrophe c'est ça qu'ils comprennent ils sont la catastrophe moi aussi je m'attarde sur le chétif ô sa puissance, je veux la catastrophe comme retour l'enfance invasive, se laisser occuper par la bêtise des naïfs la simplicité des bêtes, oh l'intelligence est méchante c'est de la défense puérile et les enfants ne sont jamais puérils, j'aime ton sérieux Raphaël c'est toi l'enfant qui me soigne, toi l'enfant mais oui Raphaël je te connais bien là Raphaël le temps qui reste à vivre c'est toujours celui de l'enfance, la catastrophe tu n'imagines même pas combien j'ai pu la dire je la sens venir elle est en moi pas possible autrement ce monde est fait pour finir il n'est rempli que d'adultes puérils, fait pour finir vite ce monde est pourri corrompu abîmé par les adultes le temps court à la catastrophe il est la catastrophe, ô mon Messie Yeshoua mille fois enfant tu le retiens au bord de l'abîme comme on retient la couverture sur soi parce qu'il fait froid ce monde est froid leur monde fait froid ton amour le réchauffe, c'est ça exactement l'amour un souffle et moi je souffle sur les braises, l'amour souffle sur les braises du monde l'amour souffle, ce monde est la catastrophe, venez je vous rassemble autour du feu je soufflerai sur les branches mortes, oh leur bruit quand elles craquent sous les flammes !

Tableau 25

Paul guérit à Derbé
et les apôtres refont le chemin à l'envers

Paul délire pendant deux jours, et puis dort pendant trois. On le réveille pour lui donner de l'eau. Ils sont arrivés à Derbé à la moitié de novembre. Derbé, c'est la dernière étape en Anatolie. Ils n'iront pas plus loin. C'est le bout du monde, Derbé. Ou plutôt son enfance, son inversion, l'inversion du monde. Personne, mais personne n'irait les chercher là-bas. Il faut y être né pour y vivre, pour y grandir, pour y vieillir, pour y mourir. Ils restent, c'est à peine croyable, des semaines, des mois, tout un hiver cachés à Derbé. Jusqu'au mois de juin 48.

Paul se remet lentement, Barnabé pendant ce temps annonce… Il annonce son Messie mais personne ne connaît plus ici le grec, et pas l'ombre d'une synagogue… Pas un seul Judéen, pas un Grec, mais Barnabé annonce, le peu de galate appris suffit et ça passe à travers une main pressée sur un bras, une accolade, un sourire, une embrassade. Tous disent oui à l'Annonce avec un sourire immense – mais tout est immense à Derbé : l'ennui, la terre, la solitude, le vent. Est-ce qu'ils ont compris seulement de quoi il était question, les enfants de Derbé ? Le sérieux, l'application avec lesquels ils plongent leur tête sous l'eau, c'est impressionnant quand même. Ils sont simples, vertigineusement simples, d'une simplicité qui fait honte à la culture, aux livres et à l'intelligence. Barnabé est heureux, au bout du monde, oui, au bout de sa judéité, de ses croyances mais tout le monde ici immensément sourit, au bout de l'âge au bout de l'humanité au bout de son enfance au bout de la Loi.

Paul se remet lentement. Il se remet à manger, à parler, à se mettre debout. 30 novembre 47, l'automne a changé la couleur du volcan. Il est devenu violet sombre et Paul marche de nouveau. L'herbe est plus jaune, on entre dans l'hiver, tout paisiblement s'endort.

*

À la fin du mois de juin 48, les deux missionnaires reçoivent une lettre de Théoklïa. La mère de Raphaël l'a fait passer par un cousin depuis Lystra.

Paul, j'ai besoin de ton secours. Paul, Barnabé, j'ai besoin de votre secours. Tu sais comment a fini le second supplice d'Antioche où on m'offrait à mourir dans l'eau, et je choisis cette eau pour m'y faire revivre dans ce monde et dans l'autre. Mon choix et mon Dieu ont fait fuir les monstres, tu sais que je pensais à toi en récitant les formules. Comme tu le dis, c'est toujours l'espérance qui finalement baptise, c'est-à-dire la croyance, et pas un autre – ou seulement comme ça pour représenter, envelopper, signaler. Alors que je sois seule, ce n'était pas si grave, mais non je n'étais pas seule : toutes les femmes d'Antioche priaient pour moi chantaient pour moi, et puis impossible de douter là, l'eau était devenue si limpide et si bleue l'eau était devenue un ciel d'été. Les crocodiles en hurlaient de terreur.

Après notre rencontre à Philomélion, je suis rentrée à Konya je voulais donner et prendre des nouvelles, j'avais promis à ma reine à ma nouvelle mère de passer voir l'ancienne, après tout j'y suis née, ma famille et mes amies sont là, mais je pense que tu étais content de te débarrasser de moi et que je ne te suive pas à Lystra. Là, j'ai retrouvé ma mère folle, hors de raison ; ses yeux étincelaient ; en me voyant, elle a hurlé de terreur. Là, j'ai retrouvé Thamyre, rempli du mépris de lui-même, Thamyre avait enlaidi et grossi, il buvait, il éructait, il ne cherchait qu'à se battre et à boire encore davantage. Je me rappelle sa voix grasse, cassée, qui se soulevait difficilement avant de retomber lourdement comme une outre pleine dans une mare de boue. J'ai suivi ta méthode Paul, j'ai suivi ton chemin. D'abord chez moi, à Konya, oh tu avais fait du bon travail, bien sûr, mais moi je suis allée rencontrer les femmes dans leurs maisons quand les hommes étaient sortis travailler, je suis allée au bord des rivières quand elles lavaient le linge et je leur ai dit moi aussi qu'il s'était passé quelque chose, que nous les femmes avions à le vivre, nous aussi, nous surtout, nous d'abord. J'ai raconté et elles ont compris ; elles ont compris que c'était le moment, leur moment, le moment des femmes : ton Annonce. Parce que nous avons l'énergie des faibles, parce que nous connaissons la soif des fragiles, parce que notre compassion est démesurée, parce que notre amour est sans orgueil et nos ventres sans frontières. Et je sentais la vie en leur parlant, et elles me donnaient du cœur en m'écoutant. Je les ai baptisées, je les ai façonnées, je les ai aimées et leur sourire bientôt était celui que tu avais sous la lune sur la Via Sebaste *quand tu parlais de Myriam. Je ne t'ai pas rejoint à Lystra, tu ne me l'as même pas proposé, tu ne voulais pas de moi, j'ai vu à Philomélion dans tes yeux de la peur, de l'irritation, de la colère. J'ai décidé chacun son travail : toi, tu fais lever le peuple des sans-Loi, moi ce sera celui des femmes j'ai reçu mission de le faire lever pour et devant notre Maître. Beaucoup m'ont suivie, elles emportaient leurs enfants, et nous avons pris aussi la voie Sébaste jusqu'à Antioche de Pisidie. Et là, de nouveau, ce furent, à Antioche de Pisidie comme à Konya, des torrents de femmes sur les chemins derrière nous, comme ceux qui dévalent des montagnes au moment du dégel. Ah oui, ce fut vraiment le printemps des femmes à Antioche de Pisidie, et nous repartîmes plusieurs centaines, avec les enfants en direction des côtes, des plaines et de la mer. Nous réalisions ton programme Paul, toutes ces femmes elles ont mis en communauté ta parole, ton Église, leurs enfants, leurs richesses ; elles ont l'amour dans le sang, elles ont le partage dans le ventre. Et nous avons été rejointes tout au long du parcours par celles qu'on croisait au bord des chemins et des fontaines. Elles abandonnaient leur mari en chantant, elles donnaient la main aux enfants sur les chemins, elles défaisaient leurs cheveux.*

Mais ce sont vos amis, oui, je parle d'Onésime, je parle de Samuel et de tous les autres, tous ceux que vous avez désignés en Pisidie ou en Lycaonie responsables de vos Églises, ce sont eux qui à la fin se sont dressés devant et contre nous. Ils nous ont dit : vous cassez l'ordre du monde, mais n'est-ce pas cela que tu nous enseignais Paul ? Ils nous ont dit : vous brisez les hiérarchies, mais n'est-ce pas cela que tu voulais Paul ? Ils nous ont dit : vous êtes trop vulnérables, mais n'est-ce pas toi qui disais que la vraie puissance est celle des fragiles ? Et plus ils parlaient, plus on riait, plus on leur répondait en leur montrant nos ventres et nos sourires. Et ils ont commencé à nous menacer.

Là maintenant, nous sommes à Pergé. Des milliers de femmes maintenant à Pergé et les hommes, les chrétiens ils se réclament de toi pour nous intimider, nous rappeler à l'ordre, appeler à la dissolution de nos Églises. En ton nom, ils nous refusent le titre, nous interdisent d'enseigner, de baptiser. Ils font peur, ils s'en prennent aux enfants aussi. Hier, ils m'ont frappée, ils ont battu mes sœurs. Maintenant ils nous menacent de viol, de mort, ils nous insultent, ils sont déchaînés contre nous Paul, tes amis. Les enfants pleurent, mes sœurs ont un visage dur. Alors reviens-nous, reviens pour leur dire, ils ne veulent rien entendre Paul ! Ils disent que je suis le danger des hommes, que je suis le péril, que je suis ta trahison. Viens nous rejoindre et tu sauras leur dire. Tu es le dernier à qui le fils de Myriam a parlé mais là ils nous persécutent. Tes frères chrétiens nous persécutent.

*

Barnabé a fait à haute voix la lecture. Il demeure pensif maintenant, il tient la lettre d'une main, l'autre passée dans ses cheveux. Paul, lui, est debout, les yeux fixes et ses deux poings serrés. Il prend cet air dur qui lui rassemble les sourcils comme une barre noire sous le front. Il frémit d'émotion et de colère.

– Que faisons-nous ? demande Barnabé.

– Refaisons le chemin à l'envers, répond Paul, cherchons-la, trouvons-la.

– Mais nous avons été chassés de toutes les villes ! Et nous sommes sur la route de Tarse, il n'y a plus qu'à dévaler les pentes pour retrouver la mer !

– Non, non. Il faut la retrouver. Je vais la retrouver, je pars.

Et Barnabé, de tristesse, de colère, soupire.

Tableau 26

Paul et Barnabé, le retour à Pergé

Paul refait donc depuis Derbé tout le chemin. C'est risqué : de Konya et d'Antioche il a été chassé. En secret il visite ses Églises, rencontre les responsables qu'il a nommés. Il interroge, et toujours on lui raconte la vague Théoklïa : la vague Théoklïa à Konya, la vague Théoklïa à Antioche, la vague Théoklïa à Attalia… Barnabé évalue quant à lui ce qu'il nomme « le sinistre » après la tempête Théoklïa, après la tornade Théoklïa, après l'explosion Théoklïa : de ville en ville, de Lycaonie jusqu'en Pamphylie, elle a allumé chaque fois d'immenses feux de foi, loin de Paul elle a fécondé, moissonné, collecté, récolté des fagots vibrants de femmes.

Ils refont tout le chemin ensuite, de Konya jusqu'à Pergé où ils étaient parvenus avec Marc en remontant depuis Attalia le fleuve Kestros. Là où Marc s'était fâché parce qu'il refusait de gravir les pentes du Taurus. C'était il y a juste deux ans. À Pergé, on leur dit : Séleucie ! Théoklïa est allée jusqu'à Séleucie, la Séleucie pamphylienne. On dit, on raconte, on murmure... Tout le monde a l'air terriblement gêné. Les dernières nouvelles ne sont pas bonnes. On parle d'un groupe furieux composé de chrétiens et de médecins grecs. Ils auraient agressé le camp des femmes avec des bâtons, des serpes, des marteaux. On parle d'un viol collectif, certains disent que Théoklïa n'en a pas réchappé.

– Tout a commencé quand les hommes ont assuré que c'était sa virginité qui lui donnait cette puissance, sa virginité qui lui donnait son aura et qu'il fallait la saccager pour restaurer l'ordre des hommes, dit l'un.

– Des prêtres de chez vous ont prétendu qu'en fait elle n'était pas chrétienne, mais une servante d'Artémis et que, tout comme la déesse, c'était de sa virginité qu'elle tenait ses pouvoirs et sa force, dit l'autre.

– C'est quand elle est arrivée en Pamphylie, suivie par des milliers de femmes et d'enfants, que beaucoup ont prévenu : elle s'approche de la mer, elle va traverser la mer et passer en Terre sainte, il faut l'arrêter absolument avant qu'elle ne gagne la Terre sainte, raconte un troisième.

Les mêmes ajoutent que depuis trois semaines tout est calme. Ils parlent d'un reflux.

– On a vu des femmes reprendre avec leurs enfants

le sentier du Taurus, l'air fermé, le regard vide, les yeux tristes, dit l'un.

– C'était à pleurer de voir les joues blanches des enfants, leurs cheveux flottant au vent, se souvient l'autre. Ils ne souriaient plus.

– Enfin oui, quoi, c'est plus calme. Après ce qu'on a vécu surtout, conclut un autre.

Paul écoute. Paul demande le chemin de Séleucie. Paul repart. Il longe la mer, sa bouche fermée comme une pierre. Barnabé court derrière, exige des explications, tire Paul par la manche, se fâche. Paul violemment se dégage. Il marche sans parler, sans s'arrêter, mangeant à peine. Des heures, des jours, qu'importe, mais ce tourbillon dans sa tête et quand Barnabé crie, hurle : « Mais arrête-toi, Paul ! », le râblé se retourne, lui jette un regard plein de colère et puis repart. Dans sa tête, c'est un vertige d'images, de souvenirs : *son arrivée dans le tombeau ouvert avec ses joues rouges et ses cheveux coupés* ; *les grandes marches sous la lune d'août là-haut sur les plateaux ; sa foi entière, sa foi pleine, sa foi ronde comme un soleil bien mûr.*

Paul marche vite. À nouveau les pins, l'odeur des pins. Il sent le crissement du sable sous les sandales, le vent chaud qui respire la mer, les arbres croulant sous les fruits mûrs. Il marche vite. Ce n'est pas qu'il voudrait ou espère même la revoir, non. Il sait, il a compris. Mais il épuise l'image de Théoklïa, il épuise sa vie, il épuise son destin, il les exténue, il les asphyxie, il les assèche jusqu'à ne plus en faire qu'un petit grain de sable dans la gorge. Il va vers sa mort à elle, vers l'épreuve de sa disparition, il est en colère contre lui-même. Il s'entend dire :

– Maintenant, oui, maintenant tout va pouvoir commencer vraiment ! J'en ai fini avec les brouillons, les torrents et la liesse ! Et qu'elle repose, la *virgo dolorosa* ! Mais vérifier qu'elle repose bien – bien cachée, bien dissimulée, bien enfouie, le ventre recouvert !

Il est en colère contre lui-même, il marche pour lasser sa colère. Mais il les construira, lui, ses Églises. Demain est à lui. Et elles seront viables, vigoureuses, victorieuses comme jamais. Barnabé l'entend crier :

– Je les veux viriles et vivantes !

Paul marche vers la vierge violée, et pour étonner sa colère il énumère ses succès à lui et ses persécutions. Il prie son Dieu, il se rassure, il oublie Théoklïa tout en marchant vers elle.

– Rome après Athènes, ma rage n'a pas de frontières ! hurle-t-il.

*

À Séleucie, il trouve un paysan pour lui montrer la tombe. Le paysan en les conduisant explique les circonstances et l'agression. Non, Paul refuse pourtant d'entendre les détails, mais enfin quoi, ils étaient nombreux, ils s'y sont mis à plusieurs pour cogner, pour outrager. Il ne veut pas les détails, mais ça danse autour de lui ces images. Pas de pierres cette fois, juste des poings qui violentent, des coups de pied dans la tête, des sexes brandis, le sang qui gicle, la peau qui devient bleue, les yeux révulsés. En lui ça danse furieusement. Il crie : « Assez ! » On s'arrête, il est devant la tombe.

C'est un renflement, un ventre de terre, une grosse croix plantée dessus, et une planchette avec, gravé au couteau, ΘΕΟΚΛΙΑ en noir.

Il ne dit rien. Elle est dessous. Il se couche sur la terre, pose sa joue sur elle, les yeux ouverts, et lentement la gratte de ses ongles. Barnabé le rejoint, l'entoure de ses grands bras. Ils restent silencieux, ils respirent fort. Barnabé lui dit :

– Viens, Paul, maintenant. Viens, relève-toi, nous rentrons à Jérusalem.

Tableau 27

Paul, de Jérusalem à Éphèse

Trois mois après, ils sont à Jérusalem. Marc les accueille, ils s'embrassent. Les apôtres rendent compte de leur mission devant les chrétiens de Judée. Ils énumèrent les communautés fondées dans les villes d'Anatolie. Ils parlent d'un grand succès qu'il faudrait pousser maintenant au-delà : les côtes est de l'Asie, la Grèce, et pourquoi pas Rome un jour… Ensemble ils débattent, ils disputent. Entre Pierre, Paul et Jacques on discute de ce qu'il doit en coûter au non-Juif pour se faire chrétien, pour adorer le Dieu d'Abraham selon la Voie nouvelle, de ce qu'on doit garder des prescriptions anciennes, de ce qui désormais justifie.

Et puis, après deux années de repos, au début des années 50, Paul repart pour une autre mission. À pied toujours. Sans Barnabé, mais avec Silas, il reprend la route des montagnes, gravit de nouveau le Taurus depuis Tarse cette fois, ce qui lui permet de gagner directement Derbé – puis ce sera Lystra une nouvelle fois, Konya encore, Antioche de Pisidie enfin… Mais d'Antioche il décide cette fois d'obliquer vers le nord avant de virer brusquement à l'est, car il se dit convoqué en Macédoine. Thessalonique donc, et puis Corinthe, Athènes, et enfin le bateau pour regagner les côtes asiatiques. Jusqu'à Éphèse, où il rencontre le prêtre auquel il confie l'histoire de Théoklïa, un soir du mois de juin 51.

Il n'avait reparlé à personne de cette histoire. Barnabé était resté silencieux aussi. Entre eux ils évitaient le sujet. Mais est-ce d'avoir retraversé les plaines d'Anatolie, d'être repassé par Konya… ? En tout cas Paul lui raconte, il raconte les trombes d'eau sur le bûcher, il raconte la lionne déchirant les autres fauves, il raconte l'auto-baptême… Le prêtre est ébloui par le récit. Et pour ne pas l'oublier, il transcrit sur un parchemin ce qui devient la première histoire chrétienne.

Paul, lui, quitte Éphèse pour regagner Jérusalem. Il anticipe déjà un peu les conquêtes de sa prochaine mission, mais dans son âme ne cesse de flotter l'image d'un renflement de terre, à Séleucie, surmonté d'une croix.

Est-ce qu'on peut lire encore, se demande-t-il, sur la planchette maladroitement clouée au centre de la croix, gravée au couteau, en noir, l'inscription ΘΕΟΚΛΙΑ ?

Postface

J'ai entendu pour la première fois parler de Théoklïa en 2019 *da mia moglie*. Le récit m'avait bouleversé et j'avais retenu des images : les baisers de la lionne, les bracelets échangés, l'auto-immersion et les cheveux coupés. J'ai voulu en savoir davantage. Je me souviens de m'être dit : comment ai-je pu ignorer cette histoire ? je vais bien trouver sur elle un tableau de la Renaissance, une tragédie classique du XVIIe siècle, un oratorio du XVIIIe, un conte orientalisant à la Flaubert – après tout *Hérodiade* c'est la même époque, les mêmes terres d'Orient, la même domination romaine –, un opéra de l'école de Strauss ! Je cherche un peu, mais rien. L'histoire me possédait, j'en rêvais. J'en parlais autour de moi, mais personne n'avait entendu parler de la sainte à la lionne.

Je tombe par hasard en 2021 sur un livre de Salomon Reinach, intitulé *Cultes, mythes et religions*[1]. En consultant la table des matières, le titre d'un chapitre me saute aux

1. Paris, Ernest Leroux éditeur, 1912.

yeux : « Thékla[1] ». Il s'agit d'une conférence prononcée à Lyon au musée Guimet. Je lis, j'apprends que Thékla (ou Thècle) est la contraction du grec « Théoklïa » : gloire de Dieu[2] ; je trouve des informations sur l'histoire des différents manuscrits, les premières mentions de la sainte par les Pères, etc. ; je lis surtout un énoncé qui me fait bondir : « le fond de l'histoire est le plus ancien des ouvrages chrétiens que nous possédions[3] ». Cette histoire splendide, transgressive, serait le premier récit chrétien à avoir circulé sous forme écrite ! Salomon Reinach cite d'autres savants en accord avec lui pour une datation si précoce : W. M. Ramsay, W. J. Conybeare, P. Corssen, etc.[4]. Deux éléments étayent la thèse d'une rédaction aussi ancienne : la mention d'une route qui disparaît à la fin du Ier siècle ; la mention de la reine, parente de l'empereur Claude, qui recueille Théoklïa : sa présence à Antioche de Pisidie à cette période est historiquement attestée. Impossible que des éléments aussi précis, aussi circonstanciés aient pu resurgir sous la plume d'un affabulateur de la fin du IIe siècle[5].

Salomon Reinach reconstitue l'affaire : l'apôtre Paul s'arrête

1. Salomon Reinach, *Cultes, mythes et religions*, *op. cit.*, p. 229-251.

2. C'est ce nom, sous sa forme longue, qui apparaît sur la plus ancienne représentation de la sainte à la lionne, la fresque de la grotte de Paul à Éphèse.

3. *Ibid.*, p. 249.

4. *Ibid.*, p. 249.

5. *Ibid.*, p. 246-248.

à Éphèse au cours de son deuxième voyage. On est au début des années 50. Il se prend d'amitié pour un prêtre auquel il confie un soir toute l'histoire de Théoklïa. Bouleversé par ce qu'il a entendu, le prêtre le couche en grec sur un premier manuscrit. Le prêtre le donne bientôt à lire et ça prend comme un feu de genêts : on multiplie les copies, on traduit le récit en syriaque, en araméen, en copte, etc. Tout le monde se raconte cette histoire qui circulera en Orient pendant des décennies. Le succès est phénoménal. La femme chrétienne, la vierge majeure, l'héroïne des premiers siècles chrétiens, c'est Théoklïa. Combien de monastères en Turquie, combien de chapelles au Liban, combien de baptistères en Syrie portent encore son nom ? Partout on la prie, partout on la révère.

Mais les chefs d'Église sentent bientôt le danger qui monte. Car la sainte à la lionne devient l'étendard brandi par le peuple des femmes. L'Église, celle des autorités mâles, réagit. Les officiels contre-attaquent en faisant accroire que ce prêtre d'Éphèse aurait été confondu par Jean : il serait passé devant lui aux aveux, il aurait confessé avoir tout inventé. La machine à censure est lancée. Elle ne s'arrêtera pas. On décrédibilise, on calomnie, on discrédite le récit. Ce n'est pas étonnant, l'histoire est sérieusement troublante, comme le dit Salomon Reinach qui parle d'épisodes « gênants pour l'orthodoxie naissante », d'une « pierre d'achoppement pour les fidèles », d'un « argument pour ceux qui revendiquaient les droits des femmes[1] ».

1. Salomon Reinach, *op. cit.*, p. 250.

Puis on l'oublie tout simplement.

En Orient, les centaines de monastères, de chapelles édifiés en son nom sont aujourd'hui en ruine. En septembre 2013, le Front islamique Al-Nosra attaque la bourgade Maaloula, située à soixante kilomètres de Damas. On a rappelé alors qu'il s'agissait d'un des derniers villages où se parlait la langue du Christ (l'araméen). Mais personne n'a dit que le monastère chrétien attaqué par les djihadistes abritait la grotte et le tombeau de Théoklïa. En Occident, le silence est total, confirmé par deux petites exceptions : à Tarragone en Espagne, elle est fêtée tous les 23 septembre[1] – la cathédrale conserve en effet une relique : son bras. En France, dans le Gévaudan, on la célèbre à la même date, en vantant les bienfaits d'une source coulant auprès de sa chapelle.

Autrement, le silence. La première martyre de l'histoire chrétienne, la femme surgie sur le chemin de Paul a disparu de nos mémoires. La première histoire a été oubliée, enfouie, et c'était la première pierre. Sait-on seulement que la cathédrale de Milan repose sur une basilique de Théoklïa qui date des premiers siècles[2] ?

---

1. Étrange survivance : la sainte à la lionne est demeurée longtemps dans le calendrier, fêtée donc le 23 septembre. Puis le pape Paul VI la fera disparaître. Trop dérangeante…

2. Pour en contempler les vestiges, il faut accepter de descendre sous terre, prendre le petit escalier juste avant le grand portail de sortie. Quelques mètres à peine sous la place du Dôme, on peut voir des pierres et des pans de mur de la petite

J'ai voulu partager ce qui me submergea quand j'entendis la première fois l'histoire. J'ai repris la trame générale telle qu'on peut la lire dans le texte renié, oublié : les *Actes de Paul et Thècle* (*Praxeis Paulou kai Thêklês*[1]). J'ai gardé les principaux personnages, modernisé les noms, modifié quelques perspectives, ajouté des événements, parfois inventé pour pouvoir combler les lacunes du récit. Je me suis aidé de la première, de l'unique reprise un peu romancée de l'histoire au Ve siècle : les *Vie et miracles de sainte Thècle* par le Pseudo-Basile[2]. Comme le Pseudo-Basile de Séleucie, j'ai dû boucher quelques trous du récit, imaginer des transitions et des dialogues, ajouter des scènes. Surtout, je me suis efforcé d'harmoniser les itinéraires mentionnés par les *Actes de Paul et Thècle* et ceux décrits par Luc dans les Actes des apôtres. En effet, avant la première entrée dans Antioche de Pisidie et après les derniers supplices dans la même ville, ce sont les Actes des apôtres qui permettent de reconstituer les étapes de Paul et de Barnabé. Et j'ai tenté par là d'éclairer le mystère de leur revirement. Car si on regarde la carte, depuis Derbé il ne

---

église de Théoklïa, face à laquelle Ambroise de Milan a baptisé Augustin en 387.

1. Willy Rordorf en a donné une traduction élégante et rigoureuse pour les Éditions de la Pléiade (*Écrits apocryphes chrétiens*, Paris, Gallimard, 2019, tome I, p. 1129-1142).

2. *Praxeis tês hagias apostolou kai marturos tou Khristou Theklas kai thaumata*, éd. et trad. G. Dagron, Société des Bollandistes, Bruxelles, 1978.

leur restait que deux cents kilomètres pour rejoindre Tarse. Or Luc, sans donner d'explications, nous indique qu'ils rebroussent chemin jusqu'à Attalia ! Pourquoi, pourquoi, si ce n'est pour Théoklïa ? Les scènes principales que je rapporte sont tirées de l'apocryphe. Les hésitations les plus grandes ont concerné la fin, tant elle est incertaine[1]. Dans certaines versions, Théoklïa s'éteint doucement après une vie passée à convertir : « Ayant illuminé tant de gens avec la parole de Dieu elle s'endormit d'un beau sommeil[2]. » D'autres textes prétendent qu'elle fut victime d'un viol collectif ourdi par une meute de médecins horripilés par ses succès de guérison. Des récits optimistes racontent qu'elle échappa à la meute en se faufilant dans une fente de rocher qui se serait refermée derrière elle – juste un morceau de voile coincé attestant son passage… Elle aurait même, selon cette version, trouvé un chemin qui l'aurait menée jusqu'à Rome… Selon d'autres encore (ce qui semble au Pseudo-Basile « très répandu et très vrai[3] »), elle se serait enfoncée vivante sous la terre, qui lui aurait fourni « une éternelle demeure ».

Après ce qu'elle aura pu déclencher à Iconium, à Antioche, à Pergé, après que dans toute l'Anatolie le peuple des femmes se sera levé derrière elle, je veux bien

1. Cf. J.-D. Kaestli et W. Rordorf, « La fin de la vie de Thècle dans les *Actes de Paul et Thècle*, édition des textes additionnels », *Apocrypha* 25 (2014), p. 9-102.

2. *Actes de Paul et Thècle*, IV-16 [41], *op. cit.*

3. *Praxeis tês hagias…*, 28.

croire, moi, qu'elle soit devenue un danger public pour les chrétiens, pour les Romains, pour tout le monde. Avec l'augmentation du nombre de femmes se réclamant de l'autorisation de Paul à Théoklïa pour enseigner – et même, comme l'écrit Tertullien, pour baptiser ! –, on a dû craindre que les Églises ne finissent par échapper à tout contrôle – je veux dire à tout contrôle masculin. J'ai donc retenu la version la plus sombre : le viol.

Que maintenant ces événements relatés par Paul soient *vraiment* arrivés, c'est encore autre chose. Du reste, les prodiges rapportés ne sont jamais si grands qu'ils ne supportent toujours une explication naturelle. Et puis qu'est-ce que « croire aux histoires » ? Il demeure que pas un instant Augustin[1], Ambroise de Milan[2], Jean Chrysostome[3] ou Grégoire de Nazianze[4] ne doutent de l'existence de la vierge à la lionne. Quelques historiens modernes considèrent qu'on peut se mettre d'accord sur un noyau minimal d'authenticité historique : une femme a bien dû exister à Iconium, nommée Théoklïa, que la prédication de Paul aura convertie et qui défendit sa foi nouvelle à travers des épreuves[5]. Après, après… Après commence la littérature, après commence le

1. *De sancta virginitate*, 45.

2. Il l'évoque plusieurs fois dans son traité *Des vierges* de 377.

3. *Panégyrique de Thèkle*, *Bibliotheca hagiographica graeca 1720*.

4. Il effectue à Hagia Thecla une retraite (une « fugue »), qu'il évoque dans le *Carmen de vita sua*.

5. Léon Vouaux, *Les Actes de Paul et ses lettres apocryphes*, Paris, Éd. Letouzey et Ané, 1913, p. 128.

roman, après commence cet entrecroisement où l'histoire comme fait établi s'entremêle à l'histoire comme récit. Luc ne fait aucune mention de Théoklïa dans les Actes des apôtres, rédigés plus de trente ans après que le prêtre d'Éphèse a retranscrit l'histoire. Paul lui aura-t-il caché cet épisode ? Ou si c'est Luc qui a préféré le taire ? Ou toute cette histoire ne serait-elle, comme certains historiens aujourd'hui le soutiennent, qu'une fiction forgée à la fin du IIe siècle par une communauté de veuves en rébellion contre les autorités ?

*

Tertullien, dans son *Traité du baptême*, condamne au chapitre dix-sept « l'insolence [*petulentia*] de certaines femmes ». Nous sommes en l'an 200. Un siècle et demi s'est écoulé depuis la première transcription du récit, et Tertullien écrit :

> « Que si quelques-unes de ces femmes licencieuses, lisant sans intelligence les *Acta Pauli*, osent justifier leurs prétentions en invoquant cette Théoklïa [*Theclae*] à laquelle, dit-on, Paul donna le pouvoir d'enseigner et de baptiser [*licentiam mulierum docendi tinguendique*], qu'elles sachent que ce livre duquel elles s'autorisent n'est pas de Paul, mais d'un prêtre d'Asie, qui composa en usurpant son nom ce tissu de ses propres délires. Ce prêtre, ayant reconnu et confessé qu'il avait lui-même inventé cet ouvrage, fut chassé et déposé. En effet,

est-il seulement concevable que Paul ait pu accorder aux femmes le pouvoir d'enseigner et de baptiser, lui qui leur accorde à peine la permission d'être instruites ? Que les femmes se taisent [*taceant*], dit-il, et si elles ont des problèmes, qu'elles en parlent à leurs maris [*viros suos consulant*][1]. »

Qu'elles se taisent donc, pour que l'histoire de l'Église commence ! Et si elles ont des problèmes, qu'elles en parlent à leurs maris. Au mois de juin 2009, on a découvert à Rome les plus anciens portraits connus de Paul, d'André, de Pierre, de Jean. « Première image », proclame, enthousiaste, pour la presse italienne le professeur d'archéologie chrétienne Fabrizio Bisconti[2] : « *la più antica* ». Mais sait-on seulement où précisément, à Rome, on retrouva le dessin

1. « Quod si quae Acta Pauli, quae perperam scripta sunt, exemplum Theclae ad licentiam mulierum docendi tinguendique defendant, sciant in Asia presbyterum qui eam scripturam construxit, quasi titulo Pauli de suo cumulans, convictum atque confessum id se amore Pauli fecisse loco decessisse. quam enim fidei proximum videtur ut is docendi et tinguendi daret feminae potestatem qui ne discere quidem constanter mulieri permisit ? Taceant, inquit, et domi viros suos consulant » (*De baptismo*, 17). La traduction est de Carlos Lévy, de l'Institut. Merci à lui encore. « Que les femmes se taisent », « si elles ont des problèmes, qu'elles en parlent à leurs maris » reprend Corinthiens I, 13 de Paul.

2. *L'Osservatore Romano*, 28 juin 2009.

de ces visages ? Dans le caveau de Théoklïa. La première représentation connue de Paul fut peinte au-dessus de la tombe romaine de Théoklïa. C'est dans l'espace de sa mort, depuis cette lumière noire, que Paul nous a été rendu visible pour la première fois.

Et malgré cela, malgré tout, on n'aura pas cessé de crier depuis vingt siècles à la mystification. On a oublié la première martyre, celle qui leva le peuple des femmes, on l'a refoulée, occultée, dissimulée. Qu'elle se taise, celle qui liquida les bûchers, qu'elle se taise, celle pour qui la lionne réduisit les lions, qu'elle se taise, celle qui passa outre les obstacles dressés pour l'empêcher de s'auto-baptiser ! Qu'elle se taise enfin, celle qui offrit aux femmes de fuir le mariage, le foyer, la servitude ! Et loin des hommes, de leur orgueil, de leur bêtise, de leur lâcheté, elles emportaient leurs enfants, leur amour et leur ventre sur les chemins du Taurus dévalant jusqu'à la mer de Pamphylie.

Mais on dira que rien, rien de la sorte n'est arrivé entre 46 et 48 sur les hauts plateaux d'Anatolie, que ce fut une fable, ou pire encore : une fraude, une criminelle imposture. Et on oubliera la première histoire. *Taceant.* Qu'elles se taisent !

Sources

Un certain nombre de mentions ou de citations dans le roman sont extraites directement soit des Actes des apôtres de Luc (noté A.A. *infra*), soit des *Actes de Paul et Thècle* (noté A.P.T. *infra*), soit enfin du roman du Pseudo-Basile, *Vie et miracles de sainte Thècle* (noté V.M.T. *infra*). Nous avons retraduit les extraits directement cités à partir du texte grec des *Actes de Paul* qui fait référence, établi par R. A. Lipsius (*Acta apostolorum apocrypha*, Leipzig, 1891 ; rééd. Olms, 1972).

P. 18 : « souffle sacré », on trouve la mention de ce souffle chez Luc (A.A. XIII-2).
P. 35 : « dont les mains et les pieds comme chante le Psaume seront troués. » Le psaume 22 dit : « Ils ont percé mes mains et mes pieds. »
P. 27 : « notre époque est hideuse et toi, Théoklïa, si belle » se trouve dans A.P.T. III-25 (*ho khairos aiskhros kai su eumorphos*).

P. 52 : la mention « beaucoup de femmes » se trouve dans A.P.T. III-7 (*pollas gunaikas*).

P. 57 : on trouve ces béatitudes dans A.P.T. III-5 et 6.

P. 57 : « trois jours et trois nuits » renvoie à A.P.T. III-8 (*hêmeras treis kai nuktas*).

P. 62 : « il y a de l'agneau au miel, des pains aux olives, du vin des Allobroges » détaille A.P.T. III-13 qui parle d'un repas somptueux avec beaucoup de vin (*polutinon deipnon kai polun oinon*).

P. 65 : les qualificatifs « peste ravageuse et dangereuse » et « fléau général » se trouvent dans une lettre de Claude citée par Salomon Reinach (« La première allusion au christianisme dans l'histoire : sur un passage énigmatique d'une lettre de Claude », *Revue de l'histoire des religions*, 90, 1924, pp. 108-122).

P. 76 : le miroir en argent donné au portier est explicitement mentionné dans A.P.T. III-18 (*desmophulaki katorpron arguroun eisêlthen*).

P. 83 : « qu'elle brûle la criminelle, qu'elle brûle l'ennemie du mariage, au milieu du théâtre » renvoie à A.P.T. III-20 (*Katakaie tên anomon, katakaie tên anumphon en mesô theatrou*).

P. 91 : « encore combien de temps vas-tu m'oublier, combien de temps encore me cacheras-tu ton visage » est dans le psaume 13.

P. 93 : « elle prend la posture de l'orante » renvoie à A.P.T. III-22 (*Hê de ton tupon tou staurou poiêsamenê* : elle fait le signe de la croix).

P. 99 : « tu es grand, ô mon Maître, accomplisseur de merveilles » est dans le psaume 86.
P. 114 : « je ne connais pas cette femme » est dans A.P.T. IV-1 [26] (*Ouk oïda tên gunaïkan*). Dans V.M.T. XV, Paul ajoute n'être même pas tout à fait sûr qu'il s'agisse d'une femme (*mêde gar eï esti gunaion holôs eidenai saphôs*).
P. 123 : la reine appelle Théoklïa sa deuxième fille dans A.P.T. IV-4 [29] (*Teknon mou deuteron*).
P. 149 : « c'est maintenant le temps pour me purifier » se trouve dans A.P.T. IV-9 [34] (*Nun kairos lousasthaï me*).
P. 149 : « ce court éclair [...] aveuglant » renvoie dans A.P.T. IV-9 [34] à la mention d'une lumière éclatante (*pheggos*) au-dessus de l'eau.
P. 155 : « va et enseigne la parole de Dieu » se trouve dans A.P.T. IV-16 [41] (*Hupage hai didaske ton logon theou*).

Notice bibliographique

Willy Rordorf est le traducteur des *Actes de Paul et Thècle* dans les volumes de la Pléiade consacrés aux écrits apocryphes chrétiens (*op. cit.*). Il est aussi l'auteur d'articles décisifs sur la sainte à la lionne, qu'il reprend dans *Liturgie, foi et vie des premiers chrétiens* (Paris, Beauchesne, 1986). Sur le dossier Théoklïa, l'ouvrage le plus récent et complet en français est *Sainte Thècle. Première vierge et martyre* de Pauline de Flers (Paris, Éd. du Cerf, 2019), bien plus informé que le sympathique *Sainte Thècle, Lys du ciel* de l'abbé Pierre Porcher datant de 1890 (repris Éd. Saint-Jean, 2007). En français, Théoklïa a aussi intéressé les études de genre, comme en témoigne le livre de Clovis Maillet (*Les Genres fluides*, Paris, Arkhê, 2020). En langue anglaise, les contributions sont plus nombreuses. L'ouvrage récent *Thecla's Devotion* de J. D. McLarty (Cambridge, 2020), en plus de son intérêt intrinsèque, comporte une bibliographie complète. On retiendra, pour les manifestations du culte de Thècle dans les premiers siècles : *The Cult of Saint Thecla* de Stephen J. Davis (Clarendon Press, 2001). Sur l'épisode de « l'auto-baptême », on peut lire : « Thecla's Auto-Immersion : A Baptism for the Dead ? » de David Lincicum (in *Apocrypha* 21, 2010, pp. 203-13). Sur l'idée d'un proto-féminisme de Thècle, on peut conseiller, de Angel Narro Sanchez : « A Woman Revolution in Early Christianity ? », in *Women Past and Present : Biographic and Multidisciplinary Studies*, M.Z. Gonçalves de Abreu et S. Fleetwood (éd.) (Cambridge Scholars Publishing, 2014). Ioannis Petropoulos a problématisé le « trouble dans le genre » causé par Thècle dans « Transvestite Virgin With a Cause », in *Greece & Gender*, B. Berggreen et N. Marinatos (éd.) (Bergen, 1995, pp. 125-39). Enfin, Peter Brown dans son livre *Le Renoncement à la chair. Virginité, célibat et continence dans le christianisme primitif* (trad. P.-E. Dauzat et Chr. Jacob, Paris, Gallimard, 1995) évoque à plusieurs reprises la première martyre.

DU MÊME AUTEUR

CRÉATION ET FOLIE, PUF, 1997.

ÉTATS DE VIOLENCE, Gallimard, 2006.

LE PRINCIPE SÉCURITÉ, Gallimard, 2012.

POSSÉDÉES, Albin Michel, 2016 ; Livre de Poche Hachette, 2019.

DÉSOBÉIR, Albin Michel, 2017 ; Champs/Flammarion, 2019.

LE GUÉRISSEUR DES LUMIÈRES, Albin Michel, 2019 ; Livre de Poche Hachette, 2022.

MARCHER, UNE PHILOSOPHIE, Albin Michel, 2021.

LA HONTE EST UN SENTIMENT RÉVOLUTIONNAIRE, Albin Michel, 2021 ; Albin Michel/Espaces libres sous le titre : LE POUVOIR DE LA HONTE, 2023.

POURQUOI LA GUERRE ?, Albin Michel, 2022.

Composition Nord Compo
Impression CPI Bussière en mai 2024
Éditions Albin Michel
22, rue Huyghens, 75014 Paris
www.albin-michel.fr
ISBN : 978-2-226-46984-7
N° d'édition : 24751/01 – N° d'impression : 2077530
Dépôt légal : août 2024
Imprimé en France